밤의 눈

밤의 눈: 큰글씨책 2

초판 1쇄 발행 2017년 7월 24일

지은이 조갑상
펴낸이 강수걸
편집장 권경옥
펴낸곳 산지니
등록 2005년 2월 7일 제 333-3370000251002005000001호
주소 부산광역시 해운대구 수영강변대로 140 BCC 613호
전화 051-504-7070 | 팩스 051-507-7543
홈페이지 www.sanzinibook.com
전자우편 sanzini@sanzinibook.com
블로그 http://sanzinibook.tistory.com

ISBN 978-89-6545-434-2 04810
978-89-6545-432-8(세트)

* 책값은 뒤표지에 있습니다.
* 이 도서의 국립중앙도서관 출판예정도서목록(CIP)은 서지정보유통지원시스템 홈페이지(http://seoji.nl.go.kr)와 국가자료공동목록시스템(http://www.nl.go.kr/kolisnet)에서 이용하실 수 있습니다.(CIP제어번호: CIP2017017029)

밤의 눈 ②

조갑상 장편소설

산지니

차례

짐승의 시간

밝은 것은 어두운 것과 하나다. 한시명은 7월의 가장 밝고 뜨거운 해를 보려고 했지만 태양이 어둠 그 자체인 것을 몰랐다. 한시명은 지서에 들어서기 전에 보았던 해를 자주 떠올렸다. 왜 그때 무심하게 거리를 둘러보거나 햇빛에 살랑대는 가로수 잎만 보지 않고 해를 마주 보았을까. 이곳을 벗어나기가 어려워지고 있다는 절망이 깊어질수록, 그날 훤한 대낮에 검게 타 버린 해를 보았던 자신이 원망스러웠다.

구금은 몸과 마음만이 아니라 시간까지 묶었다. 조금자가 창고 바닥에서 끝이 날카로운 작은 돌멩이를 주워 나무벽에다 바를 정(正) 자를 긋고 있었지만 그 숫자도 밖으로 풀려나갔을 때만 의미가 있을 것이었다. 그녀는 조금 굵게 그은 금으로 송산댁과 한시명이 잡혀온 날을 표시해 놓고도 있었다.

그동안 이 부자의 큰며느리가 이틀 만에 나가고, 며칠 전에는 조금자도 불려 나갔다. 그녀가 긋던 바를 정 자는 세 번까지 온

전하게 그어진 뒤 두 번째에서 멈추었다. 송산댁은 처음부터 그런 데 관심이 없었고 이 부잣집 며느리는 조금자가 날짜를 헤아리고 있다는 것조차 모르고 풀려났다. 한시명은 금을 계속 그을 사람이 자신뿐이라는 걸 알았기 때문에 조금자의 잠자리 뒤에 있던 돌을 멀리 치웠다. 두 사람이 창고에서 나갔다는 점에서는 마찬가지지만 생사까지 같을 수 없다는 생각이 들었다. 그녀의 흔적이 불길해서가 아니라 살아 나가더라도 이곳에서의 시간을 영원히 지울 것이기 때문에, 한시명은 조금자의 흔적에 자신의 자취를 더할 용기가 나지 않았다.

한시명은 조금자가 불려 나가기 하루 전날 서로 나누었던 이야기를 자주 떠올렸다.

“선상님, 사람이란 기 힘들게 살다 죽는 그런 긴가요? 사는 기 본래 힘든 기지요?”

조금자는 그렇게 말을 꺼냈다.

“지는 칠남매 둘째로 어렸을 때부터 일만 하며 자랐어예. 논 매고 밭 매는 일이야 철 따라 지는 해 따라 뚝딱뚝딱 끝이 있어도, 삼 시 두 끼라도 상 차리고 빨래하는 집안일은 끝도 없어예. 혼기를 놓친 것도 동생들 키우고 막내 하나 중학 보낸다고 그런 기라예. 열일곱, 여덟 그 무렵에도 다른 친구들처럼 시집갈 때 가져갈 수(繡)도 한 번 못 놓아 봤어예. 그러다 해방 뒤에 논밭을 공짜로 준다 카이 귀가 솔깃했던 기고, 나설 사람이 없어 내가 이름을 얹은 기라예. 한 것도 없이 이 꼴을 당하이 내가 참 뭐한다고 세상에 나서 새빠지게 일만 하고 살았는지, 그런 생각만 눈을 가리는 기라예. 사람 사는 세상이 고해라 카더만 맞는 소린가 보지예.”

가난이며 고생을 모르고 자란 자신이 조금자 앞에서 부끄럽다는 건 별로 중요하지 않았다. 감금 상태가 오래될수록 골똘한 건 인간과 삶, 그 자체였다. 두 사람은 이미 자신들의 구금 이유를 따지지 않을 만큼 감금을 하나의 절대상황으로 받아들이고 있었다. 그러므로 인민위원회나 오빠 문제가 자신들의 죄는 아니었다. 말만 꺼내지 않았을 뿐, 한시명도 지난 시간을 헤아리고 있었다. 그렇게 지난 시간을 떠올릴수록 자신이 이런 처지까지 이른 데 대한 스스로의 잘못을 찾고 있다는 사실에 놀라곤 했다. 그녀는 그게 모두 감금 상태가 불러온 정신적 피로와 나약함 때문이라는 걸 알면서도 밑바닥 수렁 속에서 만난 자신의 맨 얼굴을 열심히 들여다보고 있었다.

돌아보면 무난하게 살아온 시간이었다. 여학교를 졸업하고 대학에 진학한 후에도 다를 바는 없었다.

그녀는 서울서 대학을 마친 뒤 당연한 듯 고향에 내려와 교편을 잡으면서 서로를 잘 아는 남편과 결혼했다. 미션스쿨에 다니면서도 종교를 갖지 않았다는 것 정도가 유일한 선택이었다 싶을 정도로 그녀의 삶은 정해진 길 그 자체였다. 그러기에 그녀는 자신의 삶이 행복하다는 생각도 없이 살아왔다고 할 수 있었다. 조금자를 생각한다면 그건 분명 죄였다. 인간과 세상을 주어진

대로 받아들였다는 게 죄라면, 인간은 참으로 그 깊이를 알 수 없는 심연의 존재인 것이고 세상은 한없이 복잡하면서도 엄격한 그 무엇일지도 몰랐다.

그녀가 조금자의 말에 뭐라고 얼른 답하지 못한 것도 그런 이유에서였다.

"전쟁 탓으로 돌려 버리면 그만이겠지만, 그런다고 문제가 다 해결되거나 마음이 풀리는 것은 아니겠지요. 나로선, 내 자신이나 세상에 대해 많이 생각하며 살아오지 못한 게 잘못이다 싶기도 하고. 그리고, 사는 게 고해라는 말도 어찌 보면 우리 눈에 행복보다는 불행이 더 크게 보이고, 거기서 여러 가지를 깊이 생각할 수 있으니까, 그러니까 행복은 모르고 그냥 지나가고 고통은 우리를 붙잡아 매는 게 보이니까 거기에 더 익숙해서 하는 말이 아닌지……."

"나도 와 행복한 시간이나 순간이 없었겠어예, 둥실하게 잘생긴 보름달 보고 그냥 가슴 설레고, 겨울밤 뜨끈한 아랫목 이불 속에 발 집어넣고 동치미 묵어 가며 친구들과 웃고 떠들던 그런 때도 있었지예. 그치만 그건 다 잠깐이었다 싶고…… 하기사 선상님 말 들으이 사람이 본래 행복하게 이 세상에 나는 건 아이고 살면서 행복을 조금씩 찾아내는 기라는 그런 생각도 들지만, 그래도 저렇게 죽자고 울어 대는 매미 소리 들으몬 나도 자들처럼 참 짧게 살다 간다 싶어 서글퍼예."

"무슨 소리예요. 여름날 매미가 그런 건데."

말은 그렇게 했지만, 한시명은 붙잡혀 오던 날 학교를 나오며 들었던 매미 소리에 예민했던 자신을 떠올렸다. 그리고 뱃속의 아이를 생각했다. 아이를 위해서라면 어떤 수모를 당하더라도 꼭 일 년만은 살고 싶었다. 톨스토이의 소설에 나오는 그 많은 인물들이 전쟁 속에서 한 뭉텅이씩 잘려 나가듯 사라지는 그 속에 자신이 포함되더라도 아이에게만은 이 세상 빛을 보여 주고 싶었다.

창고 문이 열리면서 사람들이 들이닥쳤을 때도 그녀는 악몽 속을 헤매고 있었다. 붙잡혀 온 뒤로 한 번도 깊은 잠에 빠져 보지 못했다. 토막잠은 언제나 지옥 같은 악몽의 연속이었다. 그녀가 가장 안타까운 건 그런 토막잠 속에서라도 남편을 한 번도 만나지 못하고 있다는 것이었다. 혹시나 우체국 앞의 빨간 우체통을 보며 여보라고 나직이 불러 본 게 마지막이라면, 한꺼번에 두 통이나 보낸 그 긴 사연이 두고두고 남편을 안타깝게 할까 싶어 마음이 저렸다.

안으로 들어온 두 사람은 곧바로 한시명의 손을 묶기 시작했다. 한시명은 고함을 지르며 발버둥쳤다.

"누구야? 왜 나를, 어디로 데려가려고……!"

"우리 귀한 미인 선생을 이런 데 계속 처박아 둘 수야 있나. 좋은 데로 옮겨 준다는데 왜 야단이고!"

또 한 사람이 다가와 주먹으로 그녀의 명치를 내갈기며 말했다. 한시명은 숨이 턱 막혔다. 수건으로 입까지 틀어막는 바람에 그녀는 더욱 고통스러웠다. 한시명을 묶고 일으켜 세우는 통에 죽은 듯이 그대로 눈을 감고 누워 있던 송산댁의 다리가 두 번이나 밟혔다. 신음소리를 참으며 옆으로 비껴 누우려는 그녀의 옆구리를 누군가가 걷어찼다.

"니년은 숨도 쉬지 말고 엎드려 있어!"

송산댁은 그 목소리가 장치구의 것임을 알았다.

트럭에 던져지듯 실려진 한시명은 거기에 탄 사람이 자기 혼자라는 걸 알고는 더욱 공포심에 질렸다. 이송은 생각할 수도 없는 일이었다. 설령 지서 주임 말대로 오빠가 살아 도망을 쳤다 하더라도 행방을 캐내기 위해 본서나 어디로 자기를 데려간다는 건 기대할 수 없었다. 조금자의 이름이 불렸을 때 "밤중에 불려나가몬 백에 백 다 죽는 기라요."라던 송산댁의 말도 떠올랐다. 트럭에서 뛰어내려 다리가 부러지고 머리가 깨진다 해도 그대로 끌려갈 수는 없었다. 그녀는 발버둥을 쳤다.

의용경찰 하나가 그녀의 어깨를 내리누르고 다리를 붙들었다.

"점잖은 선생님이 와 이리 야단이고. 워커라인인가 워카라인인가, 엎어지몬 코 닿을 데 있는 미군들한테는 안 보낼 테이 그것만은 걱정 놔라."

장치구의 말에 부하놈이 킥킥댔다.

"사령관 이름이 우째 군화고? 코쟁이들 이름은 물건 갖고 짓는갑지요."

장치구는 저녁 늦게 이주호의 부름을 받았다.

대규모 처형이나, 비상소집에 응하지 않은 보련 놈들을 잡아들이는 일 말고도 이주호는 신경 쓰이는 데가 많았다. 남 목사의 시신이 일주일 만에 떠오른 데다 성시천의 행방은 여전히 오리무중이었다. 남 목사 시신이 발견된 현장에 다녀온 부하 직원 말로는 얼굴을 식별할 수는 없었지만 부인이 속옷을 보고 확인했다고 했다.

그의 시신은 총을 맞고 내던져진 곳에서 그리 멀지 않은 강둑에서 발견되었다. 자신의 생명이 다했다는 걸 확인한 그 시간과 장소에서 얼마 떨어지지 않은 곳이었다. 그날 뒤로 크게 한 번 내린 비나 물살로 보면 더 멀리 떠내려갔을 만도 한데 그는 자기를 알아볼 수 있는 사람들이 사는 땅을 떠나지 않았던 것이다. 낙동강 다리 밑에서 한밤중에 총성이 울렸다는 소문이 인근은 물론 대진읍에 쫙하고 퍼졌을 때부터 가족은 물론 남 목사를 따르던 신자들과 학교 졸업생들이 눈에 띄지 않게 강을 샅샅이 뒤지고 있던 참이었다. 시신은 일제 때 만들어진 읍의 화장장에서 화장을 한 뒤 그가 세운 학교 뒤편 언덕에 묻혔다.

이주호는 남 목사 장례에 대해 일절 간섭하지 않았다. 마음 같아서는 어디 산이나 강에 뿌렸으면 싶었지만 그냥 모른 척하고 있는 게 낫다는 판단에서였다. 별다른 소동은 없었지만 장례식에 모인 사람들이 제법 되었다는 보고에도 고개만 주억거렸을 뿐이었다.

"성시천이도 그렇고, 그놈 때문에 골치가 아프다."

뒤에 지목한 이름이 한용범이란 걸 장치구가 모를 리 없었다.

"여기저기 아아들을 풀어놓고는 있는데 아직은 제대로 걸려 오는 기 없네요. 어데 깊은 골짝에서 죽었다 봐야 안 되겠십니꺼."

"그렇기만 하면 더 바랄 게 어디 있겠노. 근데……."

이주호는 계속 저기압이었다. 성시천이 도망친 것과 남 목사 시신이 떠오른 걸 두고 읍장이나 위원장은 물론 현장에 같이 있었던 방위대장 김기환까지도 입을 다물고 있었다. 의논은 같이 해 놓고 일이 커지니 발을 빼려는 마음보 같아 기분이 무거웠다. 거기다 한시명 문제를 혼자서 처리해야 하는 것도 부담이었다.

"한시명이 그년, 처음부터 그럴 생각도 없었지만 어쨌든 지금 와서 풀어 주기는 너무 늦어 버렸다. 송산댁인가 하는 년이야 죽이든 살리든 별 문제가 아닌데, 송산댁 그년은 풀어줘 봤자 평생 빨갱이 여편네로 엎드려 살겠지만, 한시명이는 아니다 말이다."

지금 그로서는 그동안의 숱한 죽음들이나 행방불명자들 속에 한시명도 묻어 버리는 게 최선일 것 같았다. 벌써부터 대살(代殺)도 흔하게 해 오는 데다 빨갱이 혐의가 드러나 즉결처분했다고 둘러대도 그만이었다. 이주호는 저고리 단추를 다 풀어헤치고 물수건으로 목덜미를 닦으며 장치구를 바라보았다.

"무슨 말인지 알겠나?"

평소와는 달리 이주호의 눈빛은 상한 잉어눈깔처럼 초점이 없었다. 그렇지만 장치구는 흐리멍텅한 눈빛의 그 바닥에 고여 있는 묘한 살기를 느낄 수 있었다. 장치구는 말없이 고개를 끄덕였다.

"믿을 만한 놈 둘만 데려가 처리해라. 같이 간 놈들을 얽어매야 한다. 그래야 입을 다물 거 아니가."

장치구는 왜 이 일을 일반 경찰이 아닌 자기에게 맡기는지는 물론, 뒷말이 어떤 의미인지도 명확히 알 수 있었다.

트럭이 멈추고 헤드라이트도 꺼지자 도장골 뒷산은 그야말로 암흑천지였다. 차가 올라갈 수 있는 길이 민가에서 너무 가까웠기에 장치구와 부하들은 산으로 조금 더 걸어 올라가야 했다. 트럭에서 내려진 한시명은 다시 격렬하게 반항하기 시작했다. 한 놈이 한시명을 달랑 둘러매고 장치구는 손전등을 비추며 앞장서 급한 걸음을 놓았다. 운전하던 놈은 삽 두 개를 양 어깨에 메고 뒤따랐다.

"이 정도면 됐다. 우리 셋만 알 낀데 어느 놈이 찾아낼 끼고."

장치구가 자리를 잡았다. 한시명을 둘러매고 온 놈은 무게 때문이 아니라 격렬한 몸부림 때문에 힘깨나 뺀 듯 그녀를 땅에 내려놓으며 거친 숨을 내쉬었다.

"아이고, 미인은 보쌈도 힘들다!"

"임마, 보쌈은 남자가 당하는 기다. 우쨌든 그냥 묻고 갈 수야 있나. 재미나 좀. 어, 어, 저년 봐라. 붙들어라!"

한시명이 기다시피 산 아래쪽으로 구르자 장치구가 소리쳤다.

"꼭 붙들어라. 너거는 겁이 나서 물건이나 서겠나? 내부터 시범을 보일 테이 그동안 그거나 세워 두라."

장치구가 한시명의 아랫도리를 걷어 올리고 자신의 바지를 내렸다. 한시명은 두 다리를 뒤틀며 온 힘을 다해 짐승의 몸을 거부했다. 성질이 난 장치구가 한시명의 뺨을 때리면서 씩씩거렸다.

"야 이년아, 곧 다 끝난다!"

그러나 입에 물린 수건의 반을 뜯어먹었을 정도로 죽자고 덤벼드는 한시명의 반항은 그칠 줄을 몰랐다. 바지를 추스르며 몸을 일으킨 장치구가 나무에 걸어 둔 카빈을 내렸다. 그리고 그대로 한시명의 오른쪽 정강이를 쏘아 버렸다.

"돈 있고 배운 년은 질기구나. 다음에 누구? 니부터 해!"

장치구가 씩씩거리며 한 놈의 엉덩이를 걷어찼다. 산이 뿜어내는 신령스런 적막과 외면할 수밖에 없는 하늘이 내린 어둠에 묻혀 세 짐승은 두려움에 떨며 격한 행동에 휘말려 갔다. 한시명은 다른 쪽 다리로 흙을 걷어차면서 몸을 뒤틀었다. 묶인 두 손으로 새로이 덤벼드는 짐승의 얼굴을 후려치며 그녀는 의식의 끝을 불꽃으로 태워 내고 있었다. 입에 아무렇게나 물려 있던 수건이 벗겨지자 피투성이 입술과 얼굴이 드러났다. 새로 달려들던 놈이 주춤대자 장치구가 총구멍으로 그의 뒤통수를 쿡하고 밀었다.

"니 먼저 죽을래?"

조금 있다 장치구는 산비탈 쪽으로 돌아서서 외면하고 있는 놈을 향해 말했다.

"파라!"

그 말과 동시에 장치구는 총알 두 발을 한시명의 가슴에 쏘았다. 오욕의 긴 시간 끝에 한시명은 그렇게 자신의 몸뚱이로부터 영원히 풀려났다.

남매를 다 죽일 순 없소

양숙희는 오후 늦게 지서 주임 이주호 앞에 불려 나갔다. 주임 방에는 방위대장 김기환도 있었다.

"잠깐 앉아요."

겁에 질려 문 앞에 선 양숙희를 보고 김기환이 말했다. 양숙희는 엉거주춤 김기환 옆에 앉았다.

"당신 죄가 무겁기는 하지만 일단은 내보내기로 했어."

주임이 말했다. 양숙희는 그 말을 듣는 순간 연에 줄 끊어지듯 긴장이 풀리면서 멍한 기분이었다.

"어린아이도 있고, 뭣보다 김 대장이 책임을 지겠다고 하니까."

그러면서 주임은 김기환에게 눈길을 돌렸다.

"정말 고마운 조첩니다. 근신해야지요."

김기환의 말을 들으면서 양숙희는 주임에게 고맙다는 인사를 해야 된다는 생각은 들면서도 입이 떨어지지 않았다. 그녀는 기진맥진한 상태였다. 대질신문을 하고 조사를 받는 시간은 길지 않았지만 앞으로 닥칠 일에 대한 극도의 공포가 그녀를 지치게 했던 것이다. 지금 세상에 총 맞고 도피 중인 좌익사범에 대한 불고지죄보다 더 무서운 건 없었다. 그녀의 의료행위는 이적행위에 해당될 수도 있었다.

양숙희에게 사람이 찾아온 것은 지난달 말이었다.

"다른 방도가 없어 내가 왔십니더."

양숙희로서는 전혀 면이 없는 오십 줄의 남자였다.

"그 양반이 시방 우리 집에 숨어 있는데 치료가 필요합니더."

그러면서 남자는 몇 겹으로 접은 종이쪽지를 내밀었다. '숙희야, 오빠다. 이 사람은 믿어도 된다. 한용범'. 흘려 쓰기는 했지만 눈에 익은 필체였다.

용범 오빠가 지서에 잡혀갔다는 것까지는 알았지만 총을 맞고 숨어 있다니. 그동안에 무슨 일이 일어난 건지 양숙희는 종잡을 수가 없었다. 남자는 한용범의 몸 상태를 설명하고는 "뭘 좀 챙겨서 숲말로 와 주이소."라고 말했다.

"같이 가몬 눈에 띄이 내보다 뒤에 오이소. 편지는 없애 뿌리고, 자기 집에는 절대 알리지 말라 했심더."

남자의 뒷말은 그녀가 해야 할 일이 불법임을 말해 주고 있었다. 저번에 첩보대에서 풀려났을 때의 치료와는 확연히 다른 행위였다. 남자가 떠난 뒤 그녀는 당장 쪽지부터 태웠다. 타오르다 금방 재가 되어 버리는 종이조각을 보면서 무섬증을 느꼈다. 그렇지만 용범 오빠를 돕지 않을 수는 없었다. 그녀는 마음을 가다듬고 몇 가지 약품과 수술도구를 챙겼다. 간호사 정 양은 벌써 대구로 떠나고 없었다.

한용범은 집 뒤편의 낡은 헛간에 누워 있었다.

그날 밤, 다른 사람들과 같이 언덕에 앉혀지고 총알이 날아든 뒤 한용범은 의식을 놓았다. 그리고 얼마나 시간이 흘렀을까. 그는 고통과 갈증으로 깨어났다. 살아 있었던 것이다. 지서로 불려 나와 트럭을 타고 왔던 일, 언덕에 앉혀졌을 때 죽이는 거라고 속삭이던 목소리, 그리고 총성. 번개같이 한꺼번에 달려드는 생각 뒤에야 비로소 그는 피비린내와 악취를 맡을 수 있었다. 지금 그는 자신을 살려 주었을 수도 있는 사체들 속에 묻혀 있는 것이었다. 한용범은 몸을 덮고 있는 흙을 정신없이 헤치며 밖으로 기어 나왔다. 구덩이도 깊지 않은 데다 서둘렀는지 메운 흙도 많지 않았다. 그는 허둥지둥 현장을 벗어났다. 한쪽 다리를 끌며 고개까지 내려와서야 달빛이 길을 열어 주고 있다는 걸 깨닫고 처음으로 하늘을 올려보았다. 둥실한 달이 건너편 산 위에 걸려 있었다. 그제야 그는 자신이 첫 총성을 듣는 순간 달을 찾았다는 기억이 났다. 살아 있다는 실감이, 전율이 온몸을 휩쌌다.

그가 숲말이라는 동네를 떠올리고 조심스레 방향을 가늠하며 마을 어귀까지 왔을 때도 달은 지지 않았다. 부산 사는 여동생의 시가 쪽 친척 한 사람이 그 마을에 살고 있었다. 더구나 그 사람의 딸이 여동생 집 살림을 돕고 있어 안면도 있었다.

그렇게 무사히 숨어는 들었지만 당장 상처를 치료하지 않고서는 어떤 일도 할 수 없었다. 집에 소식을 알리거나 다른 데로 피신하는 것도 그 다음이었다.

"미안하다, 숙희야. 네 입장이 곤란할 텐데."

양숙희를 본 한용범이 힘없는 목소리로 말했다.

"오빠, 지금 그게 무슨 문제예요."

양숙희는 한용범의 상처를 살폈다. 한용범은 왼쪽 대퇴골 아래에 총상을 입고 있었다. 출혈은 멈추었지만 상처가 화농되어 냄새까지 났다.

"잠깐."

치료를 하는 동안 혼절을 할 수도 있으므로 한용범은 우선 급한 말 몇 마디라도 나누어야 했다.

"원장님은? 내가 미창에서 잠시 뵈었다만."

"그때 뒤로는 소식을 듣지 못했어요."

그리고 그녀는 덧붙였다.

"저도, 큰 기대는…… 하지 않고 있어요."

한용범은 민 원장에게 따로 면회 온 사람이 없다는 이야기를 들었다거나 너무 큰 기대를 걸지 않고 있다는 네 생각이 옳을 것 같다는 말을 할 수가 없었다. 생사는 하늘만 안다는 걸 스스로 체득하고 있기 때문이었다.

"오빠, 치료부터 합시다."

"그러자."

한용범은 또 무슨 말을 꺼내려다 퀭한 눈을 감았다. 그녀는 모르핀 주사를 놓은 뒤 상처부위를 열어 살펴보았다. 총알이 관통을 했는지 허벅지 뒤도 빼끔하게 열려 있었다. 박힌 총알을 꺼내는 것보다는 치료가 쉬울 수도 있었다. 아주 심하게 농한 부위를 조금 잘라낸 뒤 다이아진을 뿌리고 총알이 뚫고 나간 부위를 깁는 게 그녀가 할 수 있는 최선이었다.

한용범에게 가장 필요한 것은 감염을 막는 항생제였다. 그는 처치가 끝난 뒤에도 의식이 있었다.

"오빠, 마이신 주사가 있어야 해요. 부산 나가야 겨우 구할 수 있을 텐데."

"그렇지?"

한용범은 잠시 생각을 한 뒤 "그건 내가 알아서 할게."라고 말했다.

양숙희는 그날 뒤로 하루하루를 불안과 염려 속에서 보내다 오늘 이렇게 지서에 붙잡혀 온 것이었다.

"나가요! 집에서 꼼짝 말고!"

신경질이 묻어난 이주호의 목소리에 양숙희는 정신을 차렸다.

"나갑시다."

김기환이 먼저 자리에서 일어났다. 그녀는 고개를 숙이고 김기환의 뒤를 따라 지서 밖으로 나왔다.

"놀랐지요? 고생했습니다."

김기환이 지서 앞마당을 벗어난 길에서 걸음을 멈추었다. 양숙희는 "고맙습니다."라는 말밖에 더 할 말이 없었다.

"인정도 무섭지만 더 무서운 건 시절입니다. 두 집안의 관계로 보아 한용범일 치료해 줬다는 걸 이해 못 할 사람이 누가 있겠습니까만 전시니까 문제지요. 특히 당신은 사찰 대상자란 말입니다. 앞으로도 조심하시고, 얼른 가 보세요."

양숙희가 고개를 숙여 보이고 돌아서려는데 김기환이 목소리를 낮추며 덧붙였다.

"일간 한번 들르겠습니다."

두 사람이 나간 뒤에도 이주호는 의자에 눌어붙어 있었다. 그는 양숙희를 내보낸 일이며, 김기환이 무슨 꿍꿍이로 그녀의 석방을 부탁하는지, 그런 걸 따지고 있을 만큼 한가하지 않았다. 그에게는 한용범이 죽지 않고 살아서 잡혔다는 것만이 문제였다.

한용범이 숲말에 숨어 있는 듯하다는 신고가 들어온 것은 오전 10시경이었고, 신고자는 숲말 옆 마을에 사는 지서 협조자였다.

"옷은 달랐지만 첨에 봤던 같은 사람이라요. 부산 나가는 차편이 먼저 와서 그 사람이 타고 갔는데 우리 마을에서는 내 혼자 내려왔으이 숲말에서 내려온 기 맞고 그 마을 사람이 아니라요."

신고자의 두서없는 말을 정리하면 이랬다. 읍내에 일이 있어

한길로 나왔는데 건너편에서 차를 기다리는 남자 한 명이 서 있었다. 밀짚모자를 눌러 썼지만 일주일 전쯤 저녁 무렵에 숲말로 들어가던 사람과 닮아 보였다. 오늘 다시 보고는 혹시 지서에서 찾고 있다는 한용범과 관계있는 사람이 아닌가 하는 생각이 들었다는 것이었다.

숲말은 20호가 조금 넘는 작은 마을이었는데 처형 현장에서는 너무 멀고 읍내에서는 너무 가까운 데다 한용범의 소작을 부치는 동리도 아니어서 주목하지 않았던 곳이었다.

한용범보다는 그를 숨겨 준 놈을 집중적으로 조져서 알아낸 이름이 부산 사는 한용범의 큰형인 한성범과 양숙희였다. 한성범에게 주사약을 구해 오라고 연락하였다는 것은 쉽게 불었지만 양숙희의 이름은 매타작을 좀 더 당한 뒤에 나왔다. 총 맞은 놈이 당장 응급치료를 받지 않고 견딜 수는 없었을 것이었다.

그렇지만 이주호의 고민은 그따위 체포나 조사과정이 아니었다.

그가 가장 원한 바는 송산고개에서 사체로 발견된 놈처럼 한용범도 어느 골짜기에서 주검으로 발견되는 거였다. 그런데 한용범은 구하기 어렵다는 미제 마이신 주사까지 맞아 가며 몸을 거의 회복한 채 붙잡힌 것이었다.

한용범이 살아났다는 것은 그놈 문제로 끝나지 않고 한시명의 죽음까지 문제가 될 수 있음을 의미했다. 이주호는 양숙희를 풀어 달라는 부탁을 들어주면서 김기환과 함께 한용범의 처리 문제를 의논해 보려고 했지만, 먼저 일어서는 바람에 혼자 머리를 싸매고 있었다. 요즘 들어 김기환과 박대순의 발걸음이 뜸했다. 그게 한시명 살해 뒤에 그런 것 같아 그로서는 더 신경이 쓰였다. 한시명의 문제는 한용범이 죽었을 때 같이 묻히는 것인데, 생각지도 못한 일이 일어난 것이다.

초조하게 방을 거닐던 이주호는 차석을 불렀다.

"조사할 건 다 했지요? 한용범일 지금이라도 본서로 넘깁시다. 죽다 산 놈을 유치장에 넣어 두는 것도 기분 나쁘고, 우리가 잡았으니 우리가 처리합시다."

"그게……."

차석이 뭐라고 말하려는 걸 이주호는 손을 저으며 가로막았다.

"마, 두말할 것 없소. 지금까지 꾸민 조서 가져오소. 나머진 내가 알아서 할 테니까."

이주호는 차석이 떨떠름하게 여기는 이유를 알고 있었다. 한용범의 체포 소식을 들은 권혁이 찾아와 첩보대에서도 한용범을 조사하겠다고 했던 것이다. 이주호로서는 본서로 넘기는 일이 있더라도 자기 손이 미칠 수 있는 범위 안에 한용범을 두어야 했기에 조사가 끝나는 대로 보내겠다고 말했다. 우선은 시간부터 벌어 두어야 했다. 하지만 권혁 손에 한용범이 일단 넘어가고 나면 다시 넘겨받기는 어렵다, 그게 그가 내린 결론이었다. 지금 바로 태워 나가자. 그는 모자를 썼다. 이송 중에 도주 시도로 사살,

죽이고 나면 다 끝이다. 권혁이 따지고 들거나 문제가 되어 본서에 경위서를 쓰는 것쯤이야.

그때 문이 열리고 권혁이 들어섰다. 이주호는 놀란 기색을 감추고 태연하게 말했다.

"오셨소. 안 그래도 지금 권 대장한테 가려던 참인데 잘 됐네요. 잠깐 앉아서 이야기합시다."

이주호는 소파 쪽으로 몸을 돌렸다. 그러나 카빈까지 어깨에 건 권혁은 그냥 문에 기대 선 채 물었다.

"무슨 얘깁니까?"

"왜 앉지도 않고. 사건을 속히 본서로 이송하라고 해서 한용범이하고 은닉한 놈 태워 가다 권 대장 만나려고 막 나가던 참입니다."

"그래요?"

권혁이 말했다.

"오전 말하고 다르지 않소. 본서로 넘기고 말고는 의논한 다음에 결정할 일이고, 어쨌든 처음부터 내 쪽에서 조사를 했으니 마무리도 우리가 하겠소."

이주호로서는 깜짝 놀랄 말이었다.

"갑자기 와 이랍니까? 본서서 보내라는데."

"어차피 우리 쪽에서 재조사할 거니까 여기 조사 정도로도 돼요."

"그게 아니고……."

한 걸음 다가가려는데 권혁이 어깨의 카빈을 풀어 손에 쥐었다. 이주호는 그 자리에 우뚝 멈추고 말았다.

"지금 나하고 관할 싸움 하자는 거요?"

권혁은 총구를 이주호 쪽으로 향한 채 잠시 쏘아보고는 몸을 돌렸다.

"데리고 나가!"

한용범은 이미 첩보대 대원들에게 붙들려 있었다. 그들의 서슬에 놀랐는지 차석이며 다른 경찰들은 얼어붙은 듯 의자에 묻혀 있거나 멀거니 서 있었다. 대원들이 한용범의 앞뒤에 붙어 서서 그를 밖으로 데리고 나가고, 권혁이 마지막으로 나갔다.

이주호는 순식간에 일어난 일을 멍하니 지켜보며 자기 방문 앞에 서 있었다.

"한용범일, 부산으로 보내 주시오!"

첩보대에 들어선 박대호는 수인사도 없이 권혁에게 대뜸 그렇게 말했다. 자기를 만나야 한다면서 막무가내로 부대 앞에 서 있다는 이야기를 부하에게 들었을 때부터 뭔가 짐작 가는 바가 있기는 했지만, 박대호는 서두르고 있었다.

"그냥 읍민의 한 사람에 불과한 내가 어려운 이곳까지 찾아온 건 그래도 권 대장과 면이라도 한 번 있어서이고, 부산으로 보내 달라는 건 그 사람이 어쨌든 죽었다 살아났다는 점에서, 죄가 있고 없고를 이제는 상급기관에서 한 번 조사해 보게 할 수도 있지 않느냐, 라는 생각에서요."

박대호는 한마디 한마디를 못질하듯 말했다. 권혁은 다음 말을 기다렸다.

"선생 하던 여동생 이야기를 굳이 할 필요가 있겠소만, 그렇게 될 줄 알았더라면 내가 권 대장에게 무릎이라도 꿇고 빼 달라고 빌었을 거요. 아무리 전시라 캐도 애매한 민간인 남매를 한 동네에서 다 죽일 수는 없는 일 아니겠소?"

박대호는 거기서 잠시 숨을 골랐다. 밥을 먹으러 미성옥에 갈 때 두어 번 마주치기는 했지만 권혁이 박대호와 첫날보다 더 많은 이야기를 나눈 적은 없었다. 그러므로 긴한 이야기나 무얼 부탁하는 일도 있을 수 없었다. 그렇지만 권혁은 식사하러 갈 때마다 한마디씩 듣는 경도댁 이야기나 그동안 자기가 구축해 놓은 여러 정보망을 통해, 한용범 여동생의 죽음에 대해서 읍민들 사이에 폭넓은 동정과 원망이 쏠리고 있음을 알고 있었다.

권혁이 이야기를 듣고도 침묵을 지키자 박대호가 작정한 듯 다시 입을 열었다.

"내가 관할 운운하자는 건 아니지만, 한용범이를 계속 지서에서 붙들어 두고 있다는 것은 생각해 볼 일일 겁니다. 군 수사기관이 두 곳이나 있으면서 여동생을 죽인 곳에서 그 오빠까지 조사하는 걸 두고 사람들이 옳다고 생각하지 않을 수도 있다는 말입니다. 권 대장이 제발 한용범을 다시 조사해서 엄정한 절차를 밟게 해 주시오. 내가 이 자리에서 대답 듣고 할 입장은 아니니 그만 일어나겠소."

박대호가 돌아간 뒤 권혁은 담배부터 한 대 붙여 물었다.

그는 한용범이 체포되었다는 소식을 듣고 기분이 복잡했다. 이주호가 한용범을 처형 명단에 끼워 넣었을 때부터 그는 방관자적인 입장에 서 있었다. 내키지는 않았지만 그걸 딱 부러지게 바로잡을 마음도 없었던 것이다. 송산고개의 처형이 급하거나 어설프게 행해졌다는 사실을 확인했을 때 그는 그 이유가 계속되는 총질에 지친 탓도 있겠지만 그 자리에 한용범이 끼어 있었기 때문은 아닌지를 생각해 보았다. 이주호가 눈에 불을 켜고 시체 구덩이를 빠져나간 놈을 찾고 있을 때도 그는 지켜보기만 했다. 시간이 해결해 줄 일이라는 생각이었다. 그런 판국에 이주호는 한용범의 행방을 캔다면서 여동생을 잡아 족치다 어설프게 죽이는 일까지 저지르고 말았던 것이다.

그가 한용범의 체포 소식을 듣고 오전에 지서로 간 것은 그날 처형을 자신의 손으로 했기 때문이었지 구체적인 처리방법까지 갖고 있는 건 아니었다. 그런데 여동생 이야기까지 곁들인 박대호의 말을 듣고 보니 허수로이 넘어갈 일이 아닌 게 확실했다. 그는 본부에 남 목사 처형에 대한 사후 정보 보고를 하면서 비상대책위 친구들이 너무 앞서 간다고 생각했던 기억까지 되살렸다.

그를 긴장시킨 것은 궁지에 몰린 이주호가 한용범에게 무슨 일을 저지를지 모른다는 대목이었다. 박대호의 말 속에 그런 우려가 전혀 없었다고는 할 수 없었다. 자리에서 벌떡 일어난 권혁은 문을 열고 나가면서 소리쳤다.

"거기 둘, 무장하고 따라와!"

한용범이 첩보대로 넘어온 것은 그런 경위를 통해서였다.

가냘픈 자존심과 거대한 두려움

"댕그랑."

누군가가 대문 앞에 서 있는 게 틀림없었다. 양숙희는 벌써 세 번째 종소리를 들으면서 안절부절 못하고 있었다. 통금이 시작된 지도 한참이 지난 시각이었다. 오늘따라 살림을 돌보는 모산댁도 시아버지 제사라 집을 비우고 있었다. 그녀는 쉬 잠이 들지 못하고 부채질로 모기를 쫓으며 책을 읽다 이렇게 조바심 태우는 일을 당한 것이다. 다시 종소리가 울렸다. 쉬 돌아갈 거라고 생각지 말라는 눈치까지 주고 있는 듯했다. 짖어 대는 이웃집 개들도 신경이 쓰였다. 양숙희는 아들이 잠든 방을 살펴보고는 마당으로 내려섰다.

문 앞에 선 사람이 낮은 목소리로 먼저 말했다.

"접니다."

김기환이었다. 양숙희는 목소리를 듣는 순간 그 사람인 걸 알았다.

"무슨 일로……."

"문부터 여세요."

목소리는 단호했다. 대문을 사이에 두고 이야기를 더 나눌 수는 없었다.

"안에 들어가서 이야기합시다."

열린 문으로 들어선 김기환이 앞서 마당을 가로질렀다. 양숙희는 그 모습을 보며 마음이 더욱 조마조마했지만, 어쩔 수 없이 시아버지가 손님을 맞거나 책을 읽는 응접실 겸 서재로 들이지 않을 수 없었다.

"그 뒤로 지서에서 소환이 있었습니까?"

소파에 앉자마자 김기환이 물었다.

"아니, 없었어요."

양숙희는 내일 아침에 이야기하자는 말은 꺼내지도 못하고 대답부터 해야 했다.

"재준이 엄마를 본서로 넘길 거라는 말이 들려 지금까지 주임 붙들고 이야기하다 오는 길입니다."

"본서요?"

양숙희는 깜짝 놀랐다.

"불고지죄를 두고 재조사하는 거야 사실 아무것도 아니지요. 한용범의 기(旣) 혐의에 대한 관련조사 때문이랍니다. 그 사람이 부산으로 이송되었다는 건 아시지요?"

"네?"

지서에서 풀려난 뒤 그녀는 바깥출입을 끊은 데다 모산댁과의 대화도 대개는 집안일뿐이었다.

"모르고 계시는군요. 지서에서 군으로 넘겼어요. 씨아이씨가 어떤 덴지 아십니까?"

양숙희는 고개를 흔들 수밖에 없었다. 김기환은 자기가 한 말 뒤에 반드시 양숙희가 대답을 하거나 반응을 보이도록 이야기를 끌어가고 있었다.

"특무대라고, 해군 첩보대보다 훨씬 무서운 수사기관이지요. 한용범을 이곳 첩보대에서 부산 씨아이씨 본부로 넘겼어요. 그게 무슨 뜻이겠습니까?"

양숙희는 이번에는 고개를 흔들지도 못하고 김기환의 다음 말을 기다릴 수밖에 없었다.

"그 사람의 도피와 체포가 보고되자 씨아이씨에서 심도 있는 재수사가 필요하다고 판단한 모양입니다. 총 맞고 살아난 것부터 내부에 동조자가 있는지, 어쨌든 일제 때부터 공산당에 가입한 비밀당원으로 보고 있다는 겁니다."

"네? 오빠를?"

양숙희는 자기도 모르게 오빠 소리까지 하면서 놀라움을 표하고 말았다.

"일제 때부터 오늘날까지 한용범의 주변을 광범위하게 캐고 들 겁니다. 그를 제일 잘 아는 주위 사람들부터 조사 대상이 되겠지요. 주임 말로는 부산으로 바로 불려 가는 사람도 있고 여기

본서에서 조사할 사람도 있다는데 재준이 엄마는 뒤쪽이라더군요."

"제가 아는 게 뭐가 있다고……."

겁에 질린 양숙희의 목소리가 떨렸다.

"시명이 집에 드나들면서……."

양숙희는 버릇이 된 한시명의 이름부터 입에 올리고는 목이 메었다. 그녀는 이미 이 세상 사람이 아니었다.

"그냥 아는 정도지, 제가 어디, 뭘 깊이 알 입장입니까."

"알지요, 압니다. 저번에 조사받고 풀려나실 때 제가 지서 앞에서 잠깐 말씀드린 것처럼, 재준이 어머니와 그 집 사람들 관계로 보아 한용범일 치료해 줬다는 걸 이해 못 할 사람이 누가 있겠습니까. 그러나 문제는 그 말이 대진 바닥에서나 통한다는 거지요. 본서나 군에서는 재준이 엄마가 모른다고 주장하는 한용범의 과거 전력을 알고 있다고 보고 달려든다 말입니다."

양숙희는 오금이 저려 왔다. 바람도 없이 무더운 밤이었다. 그녀의 마음에는 불이 나고 있었다. 김기환은 탁자 위에 놓인 부채도 들지 않고 있었다. 땀이 배어나는 양숙희의 숙인 이마에서 눈을 떼지 않은 채 그는 말을 이었다.

"참고인 조사라는 것도 듣기 좋으라고 하는 말이지 그게 어디 수월하겠어요. 특히 요즘 같은 때 후방에서 가장 화급한 게 빨갱이 잡아내는 일이다 보니 어렵다는 겁니다. 거기다 그런 쪽에서 하는 조사라는 게 워낙……."

양숙희는 김기환의 뒷말에 완전히 기가 죽고 말았다. 시명이가 당한 일을 생각하면 자기에게도 무슨 일이든 닥칠 수 있을 것이었다.

시명의 참살 소식은 참으로 놀랍고 무서웠다. 한밤중에 도장골로 지서 트럭이 올라가고 총소리가 몇 번 났다는 소리를 들은 한시명의 시집과 친정 식구들은 그곳으로 달려갔다. 그네들뿐 아니라 다른 사람들도 있었는데 그들은 뒤늦게 지서에 잡혀간 뒤 소식을 모르는 이들의 가족으로, 혹시나 제 피붙이인가 싶어 나선 것이었다. 창고에 가둔 사람들을 실어 날라 죽인다는 소문이 돌면서 트럭 움직이는 소리는 모든 읍민들의 귀를 세웠다. 거기다 한 며칠 트럭이 움직이는 횟수나 총소리가 뜸했던 것도 그날 밤의 일을 눈에 띄게 했다. 한시명의 사체는 이틀 만에 발견되었다. 남자들도 차마 시신을 바로 볼 수 없을 정도로 끔찍했다는 소문이었다.

남자 앞에서 겁먹은 모습을 보여서는 안 된다는 생각을 하면서도 그녀의 어깨는 어쩔 수 없이 가볍게 떨리고 있었다. 그렇지만, 양숙희는 정신을 가다듬었다. 이래서는 안 된다. 이 사람 입에서 아무 말이나 마구 나오게 해서는 안 된다. 무엇보다 여자로서 감지할 수밖에 없는 본능적인 위험이 그녀의 결기를 돋우었다.

"김 대장님 말씀이 어디까지나 저를 생각해서 하는 말씀이라는 걸 잘 알고 고맙게 받아들이겠습니다. 이번 일은 물론 저번에도 신세를 져서 고마운 마음을 갖고 있어요. 그러나 이 시간에 앉아 듣기에는 너무 거북하고 힘이 드는군요……. 오늘은 시간도 늦고 했으니, 그만 돌아가 주세요……."

지금 자신에게는 아무도 없다. 오늘 밤 당장 이 너른 집에는 어린 아들과 자신뿐인 것이다. 이 남자는 그러한 자신의 약점을 속속들이 헤집고 이용하려는 건 아닌지. 양숙희는 마음을 다잡았다. 외간 남자가 이렇게 밤늦게 찾아와 듣기에 따라서는 위협일 수 있는 말을 마음대로 하도록 내버려 둘 수는 없었다.

"그렇게 들렸다면 내가 말을 잘못했군요."

김기환이 무뚝뚝하게 말했다. 겁을 주는 듯한 말을 하면서도 그 목소리에는 어딘가 은근한 맛이 깃들어 있었는데 반해 그의 태도 변화는 놀라울 정도였다.

"다만 내 진심은 재준이 엄마에게 지금 처해 있는 형편을 정확하게 알려 주고 서로 의논해서 내가 도울 일은 돕겠다는 겁니다. 더 정확하게 말하면 지금 전세가 정부를 제주도로 옮기니 일본으로 옮기니 하는 논의가 있을 정도로 급박하다는 겁니다. 그걸 알아야 해요. 대진에서 마산이 얼마 거리며 또 부산은 얼맙니까? 만일 마산까지 포기한다면 정부가 좌익 관련 가족들을 그냥 두겠어요? 대진 사람 치고 누가 한용범이 여동생한테 그런 일이 일어날 거라고 생각이나 했겠어요. 그런 게 얼마든지 가능한 게 지금이란 말이오. 예전에 어떠했네, 그런 생각만 하고 있을 때가 아니란 말입니다."

좌익가족이라는 말이며 한시명의 이야기에 다시 오금이 저렸지만, 예전이란 말에 그녀는 속으로 발끈했다.

"옛날 생각이라니요? 제가 김 대장님께 무슨 옛날 이야기라도 했나요? 저의 친정아버님이 일제 때 어떠했다는 소리나 시아버님 집안이 어떻다느니, 친정이든 시가든 무얼 두고 이야기한 적도 없고 다른 사람들에게 원망 살 일을 한 적도 없습니다."

그동안 양숙희에게는 억눌린 감정이 있었다. 시아버지가 보도연맹에 들고부터 조금씩 달라지던 인심이, 전쟁이 나고 지서에 붙들려 간 뒤로는 잘나가던 집구석 이제 똥줄 타게 당한다는 식으로 완전히 바뀌었던 것이다. 그래서 혹시나 이 사람도 그런 감정을 밑에 깔고 자기를 대하는 게 아닌가 싶어 양숙희는 욱한 심정을 잠깐 드러내 버렸다.

"내가 재준이 엄마에게 말하는 옛날이란 전쟁 일어나기 이전이란 뜻입니다. 그때하고 지금하고는 다르다는 말을 한 것뿐입니다. 정 내 의논이 필요하지 않다면 할 수 없지요."

김기환이 말을 뚜벅 끊고 침묵을 지켰다.

양숙희는 남자 앞에서 겁먹은 태도를 보여서는 안 된다고 입술을 깨물었지만 그녀의 어깨는 자신도 모르게 다시 가볍게 떨리고 있었다. 그녀는 이 세상에 혼자였다. 지금 당장도 그렇고, 앞으로도 그럴 것이었다. 어쩔 수 없이 그런 사실을 확인할 때마다 양숙희는 절망할 수밖에 없었다.

"그렇지만 경찰에서 일을 끝내야지 거기서 다른 데로 넘어간다면 손을 쓰지도 못한다는 건 확실히 알아 두십시오."

"어쨌든, 지금은 나가 주세요!"

양숙희는 자리에서 일어났다. 그러나 가냘픈 자존심이나 결기를 압도하는 거대한 두려움에 휩싸여 그녀의 몸은 완전히 기운이 빠져 있었다. 김기환도 천천히 일어났다. 그는 그냥 멍하니 서 있기만 한 양숙희의 어깨를 아주 부드럽고도 강하게 붙잡았다. 그 손길에 양숙희는 무너지듯 소파에 도로 주저앉고 말았다. 김기환이 이번에는 그녀의 옆자리로 옮겨와 앉았다. 그리고 한결 낮아진 목소리로 말했다.

"내가 지금 여길 나가는 건 아무것도 아닙니다. 문제는, 그런다고 해서 해결될 게 아무것도 없다는 겁니다. 민 원장 일은 죄송합니다."

김기환이 양숙희 어깨에 다시 손을 얹었다.

"제 손을 벗어나는 일이었습니다. 그렇지만."

양숙희는 김기환이 시아버지가 살아 돌아올 수 없다는 말을 하고 있다고 생각했다. 이미 각오는 하고 있었지만 지금의 괴롭고 복잡한 감정 때문인지 눈앞이 캄캄해지면서 온몸에서 힘이 빠져나갔다.

"너무 근심 마세요. 이번 일만큼은 내가 어떻게든 막아 보겠습니다. 본서까지 가지 않고 이곳에서 조사받도록 해 보고, 정 안 되면 본서에서 잘 끝내도록 해 보겠습니다."

남자가 무슨 말을 하고는 있었지만 그녀의 귀에는 아무 소리도 들리지 않았다. 그녀는 무중력 상태에 빠진 듯 몸과 마음을 제대로 가눌 수가 없었다.

"이제부터…… 아무 걱정 말아요."

양숙희는 어깨를 잡았던 남자의 손길이 자신의 등을 싸안고 있음을 알면서도, 이 자리에서 일어나야 한다는 걸 더 잘 알면서도 꼼짝할 수가 없었다. 그녀는 갑자기 자신에게 닥쳐왔거나 앞으로 닥쳐올 모든 일에 대해 아무런 자신이 없어져 버렸다. 무엇보다 남자가 그러한 양숙희를 너무나 잘 알고 있는 듯했다.

생사를 가르는 것은

부산의 특무대 본부로 이송된 한용범이 정식으로 조사를 받기 시작한 것은 9월 초순이었다.

특무대 본부는 용두산 공원 아래 동광동의 대형 적산 건물이었고 구류간은 지하를 급조해 만든 것이라 열악하기 짝이 없었다. 좁은 공간에 유치된 사람도 많은 데다 식사나 변소 출입도 매우 제한적이었다. 하루 두 번만 허락된 화장실 사용 때문에 급한 사람은 어쩔 수 없이 구류간 한쪽 구석에서 소변을 보아야 했다.

그러나 한용범은 바닥에 무릎을 꿇고 나무판자의 관솔 구멍 사이로 오줌을 누면서 자신이 살아 있다는 사실을 확인하고 감격하곤 했다. 취조실이 가까운지 비명소리가 들리고 축축한 습기에 지린내까지 진동하는 이곳이 설령 지옥이라 해도, 그에게 대진지서나 미창보다 못할 곳은 이 세상 어디에도 없었다.

한용범은 이곳에서 아주 중요한 사실 하나를 알 수 있었다. 지금 구류되어 있는 이들이 모두 8월 하순 이후에 체포되었다는 것이었다. 그것은 곧 그 무렵 이후에 붙잡힌 보도연맹 가입자들이나 좌익관련 혐의자들에 대해서는 즉결 처분을 중지하고 재판절차를 밟게 하고 있다는 소리였다.

"미국에서 그렇게 압력을 넣었대요."

붙잡힐 때 앞이마를 권총으로 두들겨 맞아 찢어졌다는 사십대 남자는 피가 엉긴 무명수건을 그대로 싸매고 있었다.

"며칠 상간의 그 날짜가 하늘과 땅 차이를 맨든 기라요."

나지막하게 속삭이는 그 사람의 목소리에는 흥분과 감동이 넘쳐 났다. 한용범은 몇 번이고 고개를 끄덕이며 동감했다. 그렇지만 자신이 대진에 있었어도 그 명령이 통했을지에 대해서는 도무지 자신이 없었다. 대진에서 일어난 모든 일들은 그에게 죽음의 너울을 덮어쓴 캄캄한 공포 그 자체였다.

오후 늦게 보초가 그의 이름을 불렀다. 그가 끌려간 곳은 2층에 있는 좁은 사무실이었다. 책상과 의자 몇 개가 놓인 방에는 사복을 입은 조사관이 혼자 앉아 있었다. 그 사람은 의자가 좁을 정도로 덩치가 우람했다.

"그래, 당신이 대진읍에서 넘어온 한용범이야?"

두 팔꿈치를 책상 위에 올려놓고 손가락 마디 사이를 긁으면서 조사관이 말했다.

"네."

"총 맞고 살아남았다니 억세게 운이 좋군."

조사관은 책상 위에 놓인 서류를 보면서 한용범의 전력을 따지기 시작했다. 신문 내용이 대진에서 권혁에게 받았던 것과 거의 유사한 걸 알고 한용범은 그 사람이 갖고 있는 서류가 그쪽에서 넘어온 것이라고 판단했다. 질문은 날카로웠지만 간명한 편이었고 한용범도 그동안 생각해 둔 게 많아 명확하면서도 핵심적인 답변을 했다.

얼마 뒤 조사관이 서류에 뭔가를 적고는 "그래, 무슨 할 말이 있는 모양인데 뭐야?"라고 말했다. 그제야 한용범은 자신이 취조실이 아닌 사무실로 불려왔다는 것, 신문과정이 험하지 않았다는 사실을 깨달았다. 거기다 조사관은 지금 할 말이 있으면 해보라고까지 하고 있었다. 집에서 손을 썼구나. 한용범은 재빨리 정신을 가다듬었다.

내 얘기보다 시명이 얘길 해야 한다. 그가 여동생 한시명의 참살 소식을 들은 것은 체포되기 불과 며칠 전이었다. 부산에서 주사를 놓아 주러 오던 형의 기색이 하루가 다르게 어둡다 싶어 집에 무슨 일이 있느냐고 다잡아 물었을 때 형이 갑자기 오열을 터뜨렸다. 형은 자기를 걱정해서 여동생의 구금 소식까지도 숨어 있는 집 주인에게 입단속을 시켜 두고 있었던 것이다.

"제 여동생은 대진중학교 교사인데, 고문당하고…… 죽었습니다. 참고인에 지나지 않는 사람을 보름 넘게 가둬 놨다 그렇게 죽이는 일이 어찌 있을 수 있습니까!"

동생 이야기를 꺼내자 한용범은 갑자기 목이 멨다. 한용범의 목소리가 감정에 북받쳐 떨리고 높아졌음에도 조사관은 아무런 제지도 하지 않고 손가락 마디 사이만 긁어 댔다.

"제가 꼭 하고 싶은 말은, 대진에서 몇 사람 하는 짓이 너무나 무섭다는 겁니다."

그 말을 하는 순간 갑자기 오한이 나듯 몸이 떨려 왔다. 그리고 말이 조금 빨라졌다.

"지서 주임 등 몇몇 사람이 생사여탈권을 쥐고 자기들 마음대로 하고 있습니다. 사설재판소를 열고 있는 거나 마찬가집니다."

"사설재판소? 그 재미나는 말이군."

조사관이 한용범을 빤히 건너다보며 말했다.

"동생 이름이 뭐야?"

"시명이, 한시명입니다."

동생 이름을 말하면서 한용범은 뜨거운 눈물을 왈칵 쏟았다.

"나가 봐."

조사관은 문 밖에 서 있는 부하를 불렀다.

다음 날 저녁 무렵 한용범은 재판에 회부되는 다른 사람들과 같이 구덕산 밑 대신동에 자리한 부산형무소로 넘어갔다. 그들은 미결수 사동에 가두어졌지만 기결수들과 엄격히 구분되어 있는 것 같지는 않았다. 형무소는 수감자들로 말 그대로 터져 나갈 지경이었다. 한용범이 입감된 방도 이미 만원이라 투덜대는 소리들이 터져 나왔다.

"또 들어오나? 벽돌이 고무줄처럼 늘어나는 줄 아는가베!"

"지금 들어온 양반들은 그냥 서 있으소!"

한용범이 들어올 때 몇 사람이 벽 쪽에 붙어 서 있었는데 앉을 자리가 나지 않아서 그러고 있었던 모양이었다. 몸이 크게 상한 사람이나 연로한 사람들 빼고는 모두 교대로 앉고 서고를 하고 있었다. 한용범은 곧 그런 일이 어떤 한두 사람의 지시에 따라 이루어지는 게 아니라 서로 알아서들 하고 있다는 것을 알았다. 밖에서 무슨 일을 했든, 어디에서 왔든 모두가 같은 입장이라는 어떤 동류의식이 강하게 작용하기 때문에 가능한 일인 것도 같았다.

한용범은 얼마 뒤 겨우 엉덩이를 비비고 앉아 옆의 사람들과 수인사를 나눌 수 있었다. 그가 감방에 수용된 사람들이 너무 많은 데 놀랐다고 하자, 한 달 전에 와서 이 꼴을 보고 있다는, 오십이 훨씬 넘어 보이는 영감이 말했다.

"얼마 전까지는 이름이 안 불리는 사람이 빽 있고 돈 있는 사람이고, 지금은 먼저 불려 나가 재판받는 사람이 빽 있는 사람이라 생각하몬 맞을 끼요. 와 그런노 카몬 먼젓번에는 불려 나갔다 카몬 백에 백 다 죽었으니께 그렇고, 시방은 여게 오래 있다가는 사람들 속에 치이서 죽게 됐으니께 그런 기요. 더우에 떠 죽는다는 말이 진짜란 말이요. 없는 죄라도 징역 얼마 받고 기결동으로 가는 기 낫지, 원!"

"무죄 받고 못 나가몬 미결이나 기결이나 별 차이 있는가, 내나 똑같지."

옆자리의 대머리 영감이 말을 받았다.

"그래도 저쪽에 기결 사동은 여보다는 좀 낫다 카더라."

"하기야, 결판이 낫으이 마음은 편할랑가? 그것도 모르는 기라……."

요령 소리가 복도를 울렸다. 배식을 알리는 신호라 했다.

"올도 불 들어오기 전에 겨우 묵네."

"소금 간이라도 좀 했나?"

주먹밥 두 개가 전부였다. 국은 없고 물 한 통을 국자로 떠서 한 모금씩 마시게 했다. 아무것도 건져지는 게 없는 국도 매일 주는 건 아니라고 했다. 수감자들이 멀건 국이나 쉬어빠진 김치 한 조각이라도 애타게 기다리는 건 탈수 때문이었다. 9월이라 해도 여전히 늦여름이었고 좁은 방에 수십 명이 앉았으니 가만히 있어도 땀이 흘렀다. 며칠 전에도 이 방에서 두 명이나 탈수로 쓰러져 병감으로 실려 나갔다고 했다. 생사가 하늘에 달렸든 빽이나 돈에 달렸든, 인간의 생존에 염분도 필수적이라는 걸 알게 해주는 곳이 감옥이었다.

다음 날 아침에 같은 감방에 있던 사람들 중 너댓 명이 불려 나가고 오후에는 또 그만한 숫자가 들어왔다.

어느 정도 안면이 생기자 한용범은 여러 이야기를 들을 수 있었다. 재판을 앞두고 있어서인지 사람들은 자기 이야기보다는 보거나 들은 이야기를 많이 했다. 화제에 가장 자주 오르는 것은 역시 대살과 생환비였다. 생사를 가르는 끔찍한 일이 어디에서든 일어났고, 지금도 일어나고 있는지도 몰랐다.

한용범은 구치 생활에 익숙해질수록 밤이 두려웠다. 칼잠은 아무것도 아니었다. 코 고는 소리와 악몽에 시달리는 사람들의 가위눌림이 고통스럽지도 않았다. 모두가 불안에 떨며 숨어 지냈거나 체포된 뒤 고문을 당한 사람들이었기에 가위눌림은 지극히 인간적인 모습이었다. 그는 끝없는 불면에 시달렸다. 불면은 세상의 절반인 어둠을 제 혼자 받아들이는 일이었다. 낮에 떠올리는 기억과 밤에 떠오르는 기억이 다른 것은 밤의 그것이 어둠같이 두텁고 무겁게 달려오기 때문이었다. 그는 자신이 헤치고 발버둥쳤던 그날의 흙더미처럼 어둠을 밀쳐 내고 싶었다. 하지만 밤은 그가 갇혀 있는 감방의 철문보다 더 단단했다. 그는 여동생 시명이 자기가 빠져나온 그 구덩이에서 살려 달라고 손을 내미는데도 한사코 도망치고 있었다. 그 모습이 부끄럽고 두려워 감은 눈으로 또 가려 보지만 자신이 만든 어둠으로 어둠을 가리는 짓이기에 아무 소용이 없었다. 희부연 새벽이면 그는 울었다. 운명이란 말을 절대로 입 밖에 내지 못하고 살아가야 할 사람이 되어 버렸기에 그는 자신이 무서웠다.

재판

대진읍에 검거선풍이 다시 분 것은 9월 중순 어느 오전이었다. 그러나 이번에는 좌익사범들이 아니라 그들을 잡아들이던 읍 관계자들이었다. 헌병 백차 두 대와 트럭 한 대에 나눠 타고 온 군인들은 자신들이 경남지구 계엄사 소속이라고 신분을 밝혔다. 지서 주임과 의용경찰대장 그리고 남 목사와 한시명 처형에 가담했던 경찰과 의용경찰들은 지서에서, 국민회 회장은 집에서, 읍장과 부읍장, 청년방위대장은 각각 자신들의 사무실에서 체포되어 부산으로 압송되었다.

명령에 따른 부하들은 두고라도 대진읍 비상시국대책위원회의 실세들이 몽땅 체포되었다는 것은 대진읍 사람들로서는 참으로 놀라운 일이었다. 나는 새도 대진 하늘에만 날아들면 떨어뜨릴 수 있을 만큼 무서울 게 없는 사람들이 하루아침에 피의자 신분이 된다는 걸 어떻게 생각이나 할 수 있었겠는가. 대진 사람들은 그들이 부산으로 붙잡혀 갔다는 걸 안 뒤로도 아주 친한 이들끼리 돌아서서 쑥덕거릴 정도로 그동안 완전히 얼어붙어 있었다. 강가에서 대위가 마지막에 내뱉었다는 "목사, 그거 영 재수 없어!"라는 말이 씨가 되었다는 소문도 은밀히 퍼지고 있었지만, 한시명의 죽음을 두고 그자들이 천벌을 받았다는 말이 가장 일반적인 여론이었다. 사람들은 진작부터 지서 주임 이주호, 부읍장 박대순, 청년방위대장 김기환, 의용경찰대장 장치구 넷을 사인방으로 불러 오고 있었다.

부산으로 압송된 사람들은 남 목사 살해와 한시명 살해혐의로 헌병대에서 일차 조사를 받았다. 기소 전인데도 군 검찰 수사관이 수사를 지휘하는 걸 보고 그들은 자신들이 저지른 일이 예삿일이 아니라는 걸 깨닫기 시작했다.

"이 자식들아, 무슨 배짱으로 목사까지 죽여?"

특히 남 목사 살해에 관련된 이들은 누구나 다 주인트부터 까였다.

"우리가 지금 우리 혼자 전쟁하는 줄 아나? 미국이 있어 버티는 거고 미국은 곧 기독교 국가야. 목사를 가장 존경하는 나라란 말이야! 뭘 알고 깨춤이라도 춰야지!"

수사관들의 말은 그들이 체포된 이유이자 남 목사 살해가 세상에 알려진 과정이기도 했다.

한밤중 낙동강변에서 저질러진 남 목사 살해는 교회 계통을 통해 은밀히 소문이 퍼지다 미국의 한 기독교 선교단체에까지 알려졌다. 제대로 사건이 된 것은 그의 죽음이 미국 신문에 나면서 정부 최고위층의 귀에 들어간 뒤부터였다. 한시명 사건까지 곁들여진 것은 가족들의 탄원서 때문이라기보다는 그동안 대진에서 행해진 억울한 민간인 살해에 대한 여론 무마용이라는 말도 돌았다.

그러나 신문은 남 목사 살해에 대한 조사가 현장에서 구사일생으로 살아난 성시천이란 자가 경남지구 계엄사령관에게 진정서를 냄으로써 시작되었다고 발표했다. 남 목사와 한시명 살해사건은 '대진사건' 또는 '대진살인사건'으로 이름 붙여졌다.

남 목사 살해에 대한 수사가 진행되면서 사건에 연루된 대진 비상시국대책위 사람들은 이 재판이 자신들끼리의 살고죽기 싸움이라는 걸 알아 갔다. 피의자들 모두 남 목사 살해혐의 외에도 불법단체 결성과 독직혐의를 받고 있었다. 비상시국대책위원회 사람들의 유일하게 일치된 진술은 남 목사가 공산주의자라는 것 하나뿐, 비대위의 실체와 권한에 대한 진술에서부터는 확연히 편이 나누어졌다.

지서 주임 이주호는 비대위라는 조직이 분명히 존재했으며 거기서 모든 치안관계의 주요 사안이 결정되었다고 주장한 반면, 나머지 사람들은 비대위라는 게 이름만 있었지 공식적인 기구나 단체도 아니고 정기적으로 회의를 하면서 무얼 결정한 건 아니라고 진술했다.

비대위의 실체와 권한행사에 대한 진술이 다른 만큼 남 목사 살해 모의에 대한 진술도 다를 수밖에 없었다. 이주호만이 비대위에서 처형이 결정되었으며 자신은 직무상 그 일을 수행했을 뿐이라고 주장했다. 유일하게 코가 꿰인 사람은 현장에 있었던 방위대장 김기환이었지만 그도 지서 주임이 체포, 조사하겠다고 해서 동행하였을 뿐 그날 바로 처형까지 할 줄은 몰랐다고 버텼다.

이주호는 미칠 지경이었다. 단독으로 처리한 한시명 건은 몰라도, 남 목사 처형 건에서는 혼자 모든 혐의를 덮어쓸 수는 없었다. 그동안 자기를 앞세워 놓고 뒤에서 온갖 잇속을 챙긴 그들이 괘씸해서가 아니라 목숨이 걸린 문제였기 때문이다. 읍민들의 목숨을 쥐고 흔들었던 피의자들은 이제 자신들이 죽고 사는 문제 앞에 발가벗고 진흙탕 싸움을 벌이고 있었다.

남 목사 살해에 있어서 가장 뜨거운 감자는 잠시 주둔하다 떠난 연대 정부참모의 참여 문제였다.

처음에는 지역 사정에 대해 아무것도 모르는 선량한 군을 끌어들였다고 조인트를 까던 수사관들은 얼마 뒤부터 대위가 현장에 있었다는 사실 자체를 아예 부정해 버렸다. 물론 대위와의 대질신문도 없었다. 군 수사기관의 의도를 알아차린 김기환과 현장에서 총을 쏘았던 경찰들은 재빨리 진술을 바꾸었지만, 모든 책임을 자기 혼자 덮어쓸 위기에 놓인 이주호는 자기 주장을 놓지 않았다. 하지만 그도 얼마 버티지는 못했다. 그토록 공을 들여 안전장치로 끼워 넣은 대위였지만 고문 앞에서는 아무런 소용이 없었던 것이다.

체포부터 그랬지만 조사와 기소, 그리고 재판까지 일사천리로 진행되었다.

제1회 고등군법회의는 10월 초 경남지구 계엄사령부 법무부 법정에서 개정되었다.

먼저 검찰관이 남 목사 불법처형 건의 피고인들에 대한 기소장을 낭독한 다음 관선변호사를 맡은 현역장교의 반대신문이 있었다.

지서 주임 이주호를 제외한 비대위 사람들은 첫째, 남 목사의 언행이 좌익으로 의심받기에 충분했으며 둘째, 검찰 측에서 주장하는 대진읍 비상시국대책위원회라는 것은 읍의 치안을 걱정하는 차원의 좌담회 수준이었을 뿐 남 목사 살해에 대한 논의가 이루어질 만한 자리가 아니었으며 셋째, 치안관계는 전적으로 지서 주임의 결정과 명령에 의해 수행되었다고 주장했다. 비대위 조직에 대한 일부 시인 외에는 종전의 주장과 크게 다를 바가 없었다.

반면 지서 주임 이주호는 첫째, 남 목사를 좌익으로 의심할 만한 증거가 충분했으며 둘째, 주요 행정과 치안 문제를 논의하고 결정한 대진읍 비상시국대책위원회라는 조직은 분명히 존재했고 셋째, 남 목사 문제 역시 거기서 결정되었으며 자신은 직무상 그걸 수행했을 뿐이라는 조사과정상의 진술을 되풀이했다.

관선변호사의 반대신문이 끝난 뒤 검찰 측은 증인신문을 통해 남 목사 살해가 불법임을 재차 주장했다. 교육계와 교회 관계자들로 구성된 증인들은 하나같이 남 목사가 공산주의자가 아니라고 말했다.

점심시간으로 인한 휴정 후 재판은 오후 1시에 속개되었다. 남 목사 처형 건에 대한 검찰 측의 보충신문과 변호인 측의 반대신문이 있은 뒤, 한시명 불법처형 건에 대한 피고인신문이 있었다.

이주호는 한시명에 대한 참고인 조사과정에서 본인에게도 용공혐의가 발견되어 즉결처분하였으므로 불법이 아니라고 주장했다. 의용경찰대장 장치구는 주임의 명을 받고 처형했다고 진술했고, 의용경찰 두 명은 그렇게 진술한 의용경찰대장의 명에 따랐다고 진술했다.

폐정 직전 대령 계급장을 단 경남지구 계엄사령관이 재판정에 임석했다. 두 개의 사건 중 특히 남 목사 건은 세간의 관심도 관심이지만 미국정부를 의식해 재판정에 소수의 기자들을 방청시키고 있었다. 정부로서는 민간인 불법학살이 여론화되는 데 대한 우려가 없을 수 없었던 것이다. 재판장이 폐정을 선언하자 계엄사령관이 자리에서 일어나 이번 '대진살인사건', 특히 남 목사 사건에 대한 계엄사의 입장을 밝혔다.

이번 사건의 본질은 1948년 5 · 10선거 이래 지방 세력을 장악하는 데 혈안이 되어 온 피고인들이 시국의 급박함을 기화로 같은 우익의 중진인 남 목사 등을 무리하게 좌익으로 몰아 처형한 데 있다. 또한 이번 사건은 피고인들이 시국을 빙자하여 만든 사설단체의 폐해를 적나라하게 보여 준 바, 본인은 이미 도내 시장, 군수, 경찰서장 및 기관장회의에서 군 작전에 직접적인 필요성이 없는 일체의 사설단체 해산을 명한 바 있다. 군관민의 일체단결과 상호신뢰가 절대적으로 요청되는 이 시국에 불철주야 적의 격퇴에 힘쓰는 군과 경찰을 국민들로부터 이간시켰다는 점에서 도저히 용서할 수가 없다, 라는 요지의 발언이었다. 그는 수사가 진행 중일 때 이번 사건에 대한 경고성 담화문을 발표한 적이 있었는데 오늘 발언도 그때 발표한 내용과 거의 유사했다.

며칠 뒤 열린 2회 군법회의에서 구형과 선고가 있었다.

오전에 열린 구형에서 검찰관은 남 목사 건에 대해 피고인 모두에게 사형을, 한시명 건에 대해서도 모두 사형을 구형했다.

선고는 불과 1시간 뒤에 내려졌다. 재판장은 남 목사 건에 대해 지서 주임 이주호를 제외한 피고인 전원에게 징역 10년을, 한시명 처형 건에 대해서는 의용경찰대장 장치구와 부하 둘에게 12년을 각각 선고했다. 두 개의 사건에 기소된 지서 주임은 사형을 언도받았다.

피고들의 천당과 지옥을 결정짓는 절차는 또 한 번 남아 있었는데, 계엄사령관의 최종 인정이 그것이었다. 계엄사령관은 지서 주임 이주호에게 내린 언도만 인정하고 나머지 피고 모두에게 내린 유죄를 인정하지 않았다. 남 목사에게 공산주의 혐의를 완전히 불식시킬 증거가 부족할뿐더러, 전시하에서 피고인들의 행동이 다소 탈법적인 여지가 있다 해도 그것이 애국충정에서 나왔으며 충분히 반성하고 있다는 이유에서였다. 그리고 한시명 살해에 대해서는 경찰이 철저한 명령계통의 조직임을 감안할 때 지서 주임을 제외한 다른 피고인들에게 유죄를 인정하는 것은 무리라는 이유에서였다. 오직 지서 주임만이 두 개의 사건에 직접 연루되었을뿐더러 최종 명령자이기에 언도를 인정한다는 게 그 취지였다.

사람은 상해도 시절은

“십 년 이상 언도받고도 풀려나왔다는 건 우쨌든 대단한 일이다. 주임만 못 빠져나왔구나, 츳.”

“와, 주임한테 개인적으로 신세 진 거라도 있나?”

박대호는 지서 주임이 빠져나오지 못했다는 말에 덧붙여 혀까지 차는 게 마음에 들지 않아 교감을 찔러보았다. 9월 신학기 들어 교감은 교장직무대행이 되었다. 오랜 기간 병석에 누워 있던 교장이 정년 한 학기를 남겨 두고 끝내 사표를 냈기 때문이었다.

“무슨 소리 하노!”

교감이 목소리를 높였다.

“죄에 대한 판단은 재판에서 하는 거고, 내 말은 결과만 두고 한 것뿐이라.”

교감은 자신이 한 말을 두고 박대호가 꼬투리를 잡자 오해의 소지가 있다고 생각하고는 당황하지 않을 수 없었다.

“한 사람 빼고 모두 형 집행정지로 풀려났다는 결과를 두고 하는 말이지 다른 뜻은 손톱만큼도 없으이 제발 따지고 들지 마라.”

여름이나 겨울이나 사시사철 도시락을 싸 다니는 것으로 소문난 교감이 미성옥에서 점심을 먹은 것은 도청 학무과에서 학생 증가에 따른 교실 부족 실태조사를 나왔기 때문이었다. 인천상륙작전으로 전세는 호전되었지만 한번 밀려든 피난민들은 올 때처럼 그렇게 쉬 빠지지 않았다. 교감은 그들을 먼저 보낸 뒤 밥값 계산을 하기 위해 들렀다가 소학교 동창인 박대호에게 붙잡힌 것이었다.

남 목사와 한시명 사건에 대한 재판 결과는 당연히 대진 사람들의 최대 관심사였다. 그런데 며칠 전 지서 주임 이주호를 제외하고 모든 피고인들이 형 집행정지로 풀려나 버렸으니 어느 자리에서나 화제가 아닐 수 없었다. 사람들은 사형이었던 구형이 10년이나 12년 언도로 바뀐 것을 두고는 재판이란 게 본래 그런 것인가 보다 했는데, 붙잡혀 간 지 두 달 만에 줄줄이 풀려나오는 걸 보고는 놀란 입을 다물 수가 없었다. 엄청난 빽을 댔거나 돈을 쓰지 않고서는 불가능한 일이었다.

“말뜻을 누가 몰라? 듣기에 따라서는 다르게도 들릴 수 있어서 하는 소리지.”

박대호는 그쯤에서 입을 다물었다. 이번 재판에 부읍장인 재종동생도 엮여 있어 입장이 난처할 때가 많았다.

“한용범이 그 사람이 나온 건 정말 천만다행한 일이고…… 참,

자네가 권 대장 찾아간 건 대단한 의기였다."

재판 이야기가 접히고 나자 교감이 입을 뗐다. 사실 그의 입장에서는 지금 한 말을 먼저 꺼내야 옳았겠지만 한용범이 석방된 지 시일이 좀 지난 데다 사람들의 화제가 온통 읍 관계자들의 재판에 대한 것이어서 이야기가 늦어진 것이었다.

"그야, 부산으로 보내 줄 상황이 되어서 권 대장 그 사람이 그렇게 하지 않았겠나. 근데 한시명 선생 일도 있고 한데, 한번 찾아가 봤더나?"

"그게, 참 어렵네……."

교감이 입술을 다 열지도 않은 채 우물쩍거렸다. 교감은 그동안 한시명 건으로 마음고생을 하고 있었다. 데리고 있던 여교사가 험한 꼴을 당한 것도 그렇지만, 하필 소집일 날 학교 앞에서 지키고 섰다 붙잡아 갔기 때문이었다. 그걸 두고 어느 누가 눈치를 주거나 입을 열지는 않았지만, 그날 소집이 있어 그렇게 된 것 같은 기분을 자기 스스로 가져 보지 않을 수 없었다. 당사자인 한시명 선생도 그런 마음을 품지 않았을까 하는 생각이 들 때는 가슴이 서늘해지기도 했다. 의용경찰이 한시명의 집에 갔다가 교무회의 소식을 알고 학교로 와서 지키고 서 있었다는 사실을 뒤에 알았지만, 그날 소집이 내내 마음 쓰이지 않을 수 없었다. 교감은 그 뒤에도 유족들에게 어떻게 위로의 말을 전하지 못하고 우물쭈물하다 이제는 박대호의 핀잔 섞인 추궁까지 받고 있는 것이었다.

"한용범이 그 사람, 동생 죽음을 평생 가슴에 안고 살아갈 걸 생각하니 맘이 어찌나 짼하든지. 그래서 하는 말이다."

박대호가 담배를 꺼내 물며 말했다. 형무소에서 나와 몸도 아직 제대로 추스르지 못하는 한용범이 그를 찾았었다. 총 맞고 살아난 자기를 숨겨 준 죄로 고생한 숲말 사람에게 인사를 하고 오는 길이라고 했다. 박대호는 그 자리에서 한용범이 죽은 동생에 대한 안타까움을 몇 번이나 토로하는 바람에 눈시울이 붉어져 혼이 났던 기억이 생생했다. 그날 잠깐 들은 이야기로 한용범은 재판에서 불기소처분을 받아 풀려났다는 것, 여동생 사건에 대한 고발장과 탄원서는 큰형이 변호사를 사서 작성했다는 걸 알 수 있었다.

"인자 가 봐야지."

교감은 자기 손목시계와 벽에 걸린 괘종시계를 흘끔거렸다.

"맨날 교무실만 지켜 갖고 언제 직무대행 뗄 끼고? 오늘 실사 나온 사람들한테 사교도 좀 해서 교실 증축도 되게 하고, 발령도 빨리 받아야지."

"바라크 건물이라도 교실 늘리는 건, 복식 수업도 모자라 운동장 한쪽에 앉아 공부하는 아아들 봤으이 알아서 해 주겠지. 밥 한 끼 같이 한 건 그냥 인사고, 승진이야 때가 되몬 하는 기지."

그다운 답이었다.

"그걸 누가 모르노. 능력을 인정받아야 한다 그 말이지. 오늘은 대접하는 자린데 식사 속도는 엔간히 맞추었는지 모르겠네?"

위장이 좋지 못한 교감은 일제 때 어느 일본인 선생한테 들은 대로 밥 한 숟갈을 서른 번 이상 씹는 버릇이 단단히 박혀 보는 이를 답답하게 했다.

"허허, 인자 고만해라. 그놈의 딱따구리처럼 쪼는 버릇!"

그러면서 교감은 오래 참았다는 듯이 엉덩이를 들었다.

"애먼 사람 붙들고 무얼 그리 따지듯 얘기하요, 그 양반이 잘 참더만은."

손님들이 앉았던 방을 정리하고 난 경도댁이 얼굴을 내밀었다.

"그리 들리더나? 제가 데리고 있던 한시명이가 그 꼴이 되었는데 어디 내놓고 안됐다 말하면 누가 잡아가나? 입 딱 다물고 있는 기 몸 사리는 것처럼 답답해 보여서 내가 그리 대했나 보네."

교감이 나가고 허드렛일 하는 아줌마까지 집에 잠시 볼일을 보러 갔기에 식당에는 두 사람뿐이었다. 경도댁이 박대호 앞에 앉았다.

"생각해 보몬 그 사람도 시명이 시집이나 친정 사람들한테 무슨 말을 하겠소? 요번 같은 참상에 입 부조가 무슨 소용이 있겠나 그 말이지. 근데, 시명이 남편은 제 처 일을 알고는 있는가요?"

"손태영이? 그 사람 부친을 며칠 전에 만났는데, 내놓고 묻지는 못했지만 눈치로 봐서는 안 알린 것 같던데. 어느 부모라도 안 그렇겠나. 더구나 그렇게 험한 꼴 당하고 죽었는데 차마 어찌 알리겠노."

"하긴 그렇겠네요. 일 난 지 두 달이 지났는데 한 번도 다녀가지를 않았으이."

한참 한숨을 내쉬다가 경도댁이 목소리를 낮추며 말했다.

"근데, 얼마나 썼으면 저렇게 다 풀려나오요? 아무리 돈이 힘이 쎄다 캐도 이번 일은 그기 아닐 낀데. 사람들이 고무줄 재판이라 숙덕거리요. 그래도 마지막 기댈 끼 재판인데 그거조차 저렇게 구멍이 뻥 뚫려 있으이 유구무언이랄 수밖에 없네요."

박대호는 고개만 천천히 주억거릴 뿐 말을 쉽게 꺼내지 못했다. 사실 그로서는 자기 재종동생이 이번 재판에 얼마나 많은 돈을 썼는지 그걸 경도댁이 정색하고 물어 오지 않는 게 다행이다 싶었다. 물론 금액이야 그로서도 확실하게 모르지만 박대순이 체포된 뒤 그의 재종형제들이 부산서 살다시피 한 건 사실이었다.

"어허, 남 듣겠다. 남 목사에 대한 여론이 비등하고 거기에 시명이 문제까지 겹쳐서 재판이라도 열린 거지, 안 그랬으면 세상에 알려지기라도 했겠나."

그리고 한결 가라앉은 소리로 덧붙였다.

"재판장보다 훨씬 힘 쎈 놈한테 엄청 갖다 바쳤겠지."

잠시 두 사람 사이에는 침묵이 흘렀다.

"그나저나 큰일은 민 원장 집이네요. 담배나 한 대 주소, 속이

갑갑해서……."

"숙희 말이지?"

그렇게 말을 받아 놓고 박대호는 쉬 입이 열리지 않았다. 양숙희를 생각하면 그도 가슴이 답답했다.

방위대장 김기환이 숙희 집에 드나든다는 소문은 진작부터 돌고 있었다. 민 원장 일에다 한용범의 도피와 관련된 그녀의 어려움을 돕는다는 핑계로 그렇고 그런 사이가 되었다는 것이었는데, 당사자 모두 적극적으로 부인하고 나서지 않는다는 게 더 문제였다.

"숙희가 못 나서면 김가 지라도 아이다 카고 나서야지, 야마리 없는 놈이 입을 봉하고 있으이 숙희를 말라 조질라고 작정을 한 거라요."

"숙희한테는 김가 놈과의 일이 검다 희다 하고 어데 털어놓을 문제가 아니라는 기 제일 큰 문제라. 용범이 그 친구가 제 처하고 숙희를 두어 번 찾았다지만 그 부부인들 어디 내놓고 말을 꺼내겠나?"

"남녀 간의 일이 송사까지 간다고 밝혀지겠소? 여자만 덮어쓰는 거지. 인자는 김가 놈이 재판까지 받고 나왔으이 활개 치고 다닐 끼고. 숙희만 죄인이 되었으이, 츠츠."

박대호는 속이 답답했는지 탁자를 손바닥으로 몇 번 크게 두들겼다.

"숙희는, 삼일 만세 부른 양 선생의 딸로서가 아니라 민 원장

며느리로 살아야 하니까 그런 놈에게 붙잡힌 거야!"

박대호의 말이 끝나자마자 누군가가 문을 열고 들어왔다. 머리에 큰 보퉁이를 인 송산댁이었다.

"어서 온나, 날이 찹제?"

경도댁이 일어났다. 지서에서 풀려나온 뒤 송산댁은 마산으로 나가 물건을 사서 대진읍이나 이웃 면을 다니며 팔고, 시골에서는 곡식이나 채소를 샀다. 이곳 말로 '함티 장사'라는 거였다. 근동 사는 친정 언니에게서 목돈 얼마를 받아 시작했다는데, 시부모까지 일곱 식구 입이 그녀가 머리에 이고 다니는 짐 보따리에 달려 있었다. 경도댁은 그녀에게 마산 시내에서 사야 할 물건들을 심부름 시키면서 웃돈을 조금 더 얹어 주곤 했다.

송산댁이 한시명과 같이 창고에서 지냈다는 걸 알 사람은 다 알고 있었지만 누구 하나 그걸 내놓고 묻지 않았고 본인도 제 입으로 말한 적이 없었다. 그리고 송산댁이 어떻게 풀려났는지에 대해서도 크게 관심을 쓰는 이는 없었다. 죽은 이주호가 한 말처럼, 어쨌든 그녀는 빨갱이 여편네로 한평생 죽은 듯이 엎드려 지내야 한다는 것만 명백했다.

"촌에서 내가는 것도 돈이 좀 되나?"

경도댁이 신발을 신으며 짐을 푸는 송산댁에게 말했다.

"예, 고추 팔아 좀 남갔어예. 밭작물도 어지간이 잘 됐다 카네예."

"사람은 이리 상하고 저리 상해도 시절은 좋다 카이 다행이다!"

다른 곳은 몰라도 전장을 피해 간 대진 들은 풍년이었다.

"산 사람은 살아라꼬 하늘이 돕는 거지, 참 고마운 일이야!"

박대호가 방을 나서며 한마디 거들었다.

그해 12월 말경, 알 만한 읍내 사람들이 다 의심한 대로 비상시국대책위 사람들이 재판 중의 뇌물공여 혐의로 계엄사령부에 다시 연행되었지만 나흘도 안 되어 곧 풀려났다. 돈 받아먹은 곳에서 조사를 했으니 하나 마나 한 꼴이라고 사람들은 숙덕댔지만 그것도 이내 잠잠해졌다.

평양 탈환 이후 금방 끝날 것 같던 전쟁이 중공군의 참전으로 더 어렵게 되고 있었다. 목숨을 지키며 먹고사는 하루가 당장 급했기에 따질 것은 한참 뒤로 미루어 두어야 했다. 그게 몇 년, 몇십 년이 걸릴지는 아무도 모를 일이었다.

유족회

1960

그 푸른 하늘 아래서

"희한하네, 멀쩡하게 생긴 신사 두 사람이 벙어리처럼 소리도 안 지르고 걷기만 하데요, 그것도 데몬가?"

"광목에 뭐라고 써 붙인 작대기를 들고 가야 데모지, 그기 없으몬 데모라 칼 수 있는가."

"그기 푸랑카드 아이요. 푸랑카드를 들고 가니께 내가 그리 말하지 멀쩡하게 길 가는 사람 두고 내가 데모냐고 물을까요."

심부름을 갔던 이 군과 화물을 분류하고 있는 원 씨가 이야기를 나누고 있었다. 처음에는 뭔가 하던 옥구열은 데모며 푸랑카드라는 말에 귀가 솔깃하지 않을 수 없었다.

"어데서 뭘 보고 그라는데?"

"아, 몽고간장 지나 시민극장 앞을 지나오는데 신사 두 분이 뭐라고 써 붙인 푸랑카드를 맞잡고는 구호도 안 외치고 그냥 걸어가는 기라요. 사람들이 구경한다고 몰려 있어 나도 봤지예. 데모는 데모 같은데 희한하데요. 사람들이 뭐, 침묵시위다, 그래 쌓기도 하고."

"침묵시위?"

4·19 전후로 데모는 물론 푸랑카드니 구호라는 말도 일상어가 되었지만 침묵시위라는 소리는 처음이었다.

"그래 푸랑카드에 뭐라 썼던데?"

"그기, 바로 앞에서 본 기 아이고 한자도 많이 들어 있어서. 사람들이 육이오, 보련유족 어쩌고 해 쌓데요."

"뭐?"

옥구열은 귀가 번쩍 뜨였다.

"지금은 어디로 갔는데?"

트럭 엔진을 점검하고 있던 그는 목장갑부터 벗고 있었다.

"그야 모르지요. 큰길로만 다닐 끼니까 창동으로 갔는지, 신마산 쪽으로 갔는지."

"내 좀 나갔다 올게."

옥구열은 선걸음에 부림시장 쪽으로 달려갔다. 한때 자신이 점포를 열었던 그곳은 시내 한가운데 있어 이 군이 말하는 두 사람이 반드시 지나갔거나 지나갈 지점이었다. 손이 끈적거린다 싶어 보니 장갑으로 배어 나온 까만 기름이 묻어 있었다. 그러고 보니 기름때 묻은 작업복 차림이었다. 그냥 엉덩이 쪽에 손을 비볐다.

그가 운수업을 하게 된 것은 순전히 군대 때문이었다. 그는 부산 전포동에 있는 차량기지창에서 군 복무를 했다. 후방에 배치

받은 것만 해도 천만다행이었지만 서면 뒷골목의 민간인들을 안 것은 더 큰 행운이었는데, 그들은 부대 뒷구멍으로 흘러나오는 각종 부속품을 받아 팔고 있었다. 제대 후 그는 그때 알아 두었던 사장들에게서 물건을 받아 마산에서 차량 부속상을 몇 년 하다 운수업까지 하게 되었던 것이다.

5월의 하늘은 높은 구름이 조금 얹혀 있기는 해도 맑고 푸르렀다. 봄 햇살 아래 긴 소매 작업복이 더운 게 아니라 마음이 더웠다. 옥구열은 하늘을 다시 한 번 쳐다보았다. 텅빈 공간으로만 무감각하게 보아 오던 하늘이 오늘따라 무엇인가로 가득한 느낌이었다. 지난 10년간 비워진 마음과 머릿속이 알 수 없는 그 무엇으로 차오르는 기분이기도 했다. 사람들에게 물을 것도 없이, 그는 곧 시장통 앞에서 침묵시위를 한다는 두 사람을 찾을 수 있었다. 길 가던 사람들과 자전거는 물론 자동차들까지 멈추어 서 구경을 하고 있는 모습이 한눈에 들어왔다.

차도에서 플랜카드를 든 두 사람이 신마산역 쪽으로 천천히 걸어가고 있었다. 양복차림의 40대로 보이는 두 사람은 주위 사람들의 시선에도 신경을 쓰지 않고 입을 굳게 다문 채 소걸음으로 뚜벅뚜벅 걷기만 했다. 옥구열은 앞으로 나가 두 사람이 든 플랜카드를 찾았다. '政府는 6 · 25 당시의 保聯 관계자의 行方을 알려라!!' 옥구열은 첫 줄만 읽고도 숨이 턱 막혀 왔다. 망치로 맞은 듯 띵해 오는 머리를 흔들며 그는 아랫줄의 글을 마저 읽었다. '만일 죽였다면 그 眞相을 公開하라!!' 진상을 공개하라. 신음

소리와 함께, 입에서 저절로 플랜카드에 적힌 문구가 흘러나왔다. 정부는 6 · 25 당시의 보련 관계자의 행방을 알려라. 만일 죽였다면 그 진상을 공개하라. 그는 플랜카드의 글씨를 처음부터 다시 소리 내어 읽었다. 글씨가 흐려지고 문구의 끝마다 두 개씩 찍은 느낌표들이 푸른 하늘로 날아가고 있었다. 두 사람 중 누군가가 직접 썼을 까만 페인트 글씨가 붉은 핏빛으로 흔들렸다. 그는 흐려져 오는 눈을 닦기 위해 안경을 벗었다.

옥구열은 얼마간의 거리를 두고 두 사람을 따라 걸었다. 몰려나온 사람들은 많았지만 뭐라고 내놓고 떠들지 않는 모습이, 이 침묵의 행진이 단순한 구경거리가 아니라는 걸 말해 주고 있었다. 도로에 내려서서 두 사람 뒤를 따르는 이들도 제법 되었다. 경찰은 보이지 않고, 속도를 늦춘 자동차들도 경적을 울리지 않고 행렬을 조심스레 비켜갔다. 앞장선 두 신사는 서로 말도 주고받지 않은 채 앞만 보고 묵묵히 걸어갔다. 해변통을 한 바퀴 돌아 두 사람의 걸음이 멈춘 곳은 부둣가가 가까운 중앙동이었다. 그들은 '마산자유노조'라는 간판이 붙은 2층짜리 목조건물로 들어갔다. 옥구열은 자신도 모르게 건물 입구까지 들어선 걸 알고는 발길을 되돌렸다. 아, 이 사람들은 입을 다물고도 할 말을 다 하고 있구나.

그는 되살아난 지난 세월의 무게에 눌리기라도 한 듯, 그리고 앞으로 자신이 해야 할 일에 쫓기듯 허둥대며 걸었다.

부친의 죽음은 그가 군에서 제대한 뒤에야 비로소 구체적인 문제로 다가왔지만 막상 할 수 있는 일이라고는 기일을 정해 제사를 모시는 것밖에는 없었다. 그것도 사망 날짜를 정확히 알 수 없어 지서에 붙들려 간 날을 기일로 하고 가족끼리만 간소하게 지냈다. 피붙이를 잃은 다른 보련 유족들도 마찬가지였을 것이었다. 전쟁이 끝나고도 보련 가족들은 입을 봉하고 엎드려 살아야 했다. 그들은 빨갱이 가족이었다. 세상이 바뀌지 않고서는 피붙이들의 죽음은 땅 밖으로 나올 수 없었고, 가족들의 비통함과 억울함도 호소할 데가 없었다.

그런데 불가능하거나 요원하다고 여겨 오던 그 일이, 그것도 자기가 살고 있는 마산에서 시작되었던 것이다. 1960년 3월 15일에 치러진 부정 선거를 두고 분개한 마산 시민들이 거리로 쏟아져 나와 파출소를 불태우고, 눈에 최루탄이 박힌 고등학생의 사체가 바다에 떠오른 게 4 · 19혁명의 서막이었다. 그날이 그 여름을 말할 수 있는 시작이라는 생각은 들었지만, 옥구열은 구체적으로 무엇을 어떻게 해야 하는지까지는 헤아릴 수가 없었다.

4 · 19 뒤로 그가 대진에 내려가지 않은 것은 아니었다. 처음 내려갔을 때 그는 보련 사람들이 어디에서 처형되고 묻혔는지부터 알아보았다. 유해를 수습하는 일이 급선무였다. 유족들이 입을 열기 시작할 때라 몇 군데 장소를 금방 알 수 있었다. 그 장소를 최종 확인한 곳은 동성이발소였다. 그 여름, 부친이 갇혀 있던 창고 앞을 서성이다 이발소를 찾았던 일은 그에게 아주 선명한

기억으로 남아 있었다.

창고는 다른 이름이 붙여졌지만 사람들은 여전히 입에 익은 대로 그곳을 미창이라 불렀다. 건물 하나가 반쯤 헐린 것 말고는 옛 모습 그대로였다. 1950년 7월 그날, 동생과 바라보던 창고 안에 부친은 생존해 계셨을까. 넋을 놓고 창고를 지키던 갓 쓴 노인분도 떠올랐다. 옥구열의 눈은 회한으로 금세 흐려졌다. 그는 자석에 끌리듯 이발소 문을 열었다. 그리고 그때처럼 많이 자라지도 않은 머리를 깎았다. 주인은 앞머리가 많이 빠졌지만 마른 체구는 그대로였다. 가위질이 시작되자 옥구열은 거울을 보며 입을 열었다.

"꼭 십 년 됐네요."

"예?"

옥구열이 거울을 보고 말한 것처럼 거울 속에서 주인이 되물었다.

"육이오 나던 7월달에 온 적이 있습니다. 그때 제 부친이 저기 건너편 미창에 갇혀 계셨거든예. 길가 땡볕에 앉았다 여기 와서 사장님 손에 머리를 깎았더랬습니다."

"예에……."

"그날 내가 마산서 내려왔다고 하니 의자에 앉아 있던 다른 한 분이, 잘 아는 사이 같던데, 내한테 잠시 관심을 보이는 듯하다 입을 다물었고, 내가 사장님께 대진 형편을 묻고 그랬습니다."

"예에……."

가위질이 잠시 멈추고 거울 속에서 두 사람의 눈길이 만났다. 상대방의 입을 열게 하기 위해서 옥구열은 혼자라도 말을 계속 해야 했다.

"이상하게도 그때 기억이 자주 났어요. 내가 들어올 때 친구하고 두 분이 무슨 이야기를 나누다 나 때문에 그친 것 같았고, 내하고 몇 마디 주고받은 뒤로 그 친구분은 내가 머리를 다 깎고 나갈 때까지 내내 눈을 감고 있었는데 그걸 보고 나는 내대로 두 분 중 적어도 한 분은 보련 가족이구나, 그렇게 마음대로 생각하고 그랬습니다."

옥구열은 독백하듯 그때의 기억을 더듬었다. 주인이 가위질을 다시 멈추고 옥구열을 바라보았다.

"친구가 아이라 외사촌입니더. 안치홍이라고, 그때 동생이 갇혀 있어 여기 자주 왔어예. 맞음 깁니더. 손님 기억이나 느낌이 하도 정확한께네."

주인은 "나도 형님이 갇혀 있었십니더."라고 덧붙였다.

이발을 다 끝내고 두 사람은 정식으로 인사를 나누었다. 표지태는 자기 성씨가 옥씨보다 더 희성이라며 본관까지 알려주었다. 그들은 이발 의자에 나란히 앉아 이야기를 나누었다. 표지태와 동갑인 안치홍은 대진 사람이 아니라 이웃 군의 금야면 사람이었다. 그곳 지서가 본서와 거리가 멀어 큰 창고가 있는 대진으로 보련 사람들을 보낸 것이었다. 안치홍이 일본서 학교를 다녔다는 것, 금융조합에 근무하다 해방 후 그만두고 농사를 짓는다는 것, 그리고 이틀 전에 들러 앞으로 어찌 해야 할지 이런저런 이야기를 나누다 갔다는 말까지 들을 수 있었다.

"나도 사실, 그 생각을 하고 있습니다. 오늘은 장소가 어딘지 그게 알고 싶어 왔지만 머릿속에는 장소를 안 다음에 할 일이 뭔지 그런 생각만 가득합니다."

"그렇지예? 가만히 있을 수는 없고 무얼 해야 하기는 할 낀데, 치홍이도 걱정만 하고 있어예. 일은 대진지서서 저질렀지만 행정상으로 군이 다른께네, 그것도 생각하더라고예. 나는 배운 기 없는 데다 하루하루 매달리 사는 형편이라 선뜻 나설 수도 없고……."

"외사촌분이 군이 다르다고 고민하신다는데, 우선은 유해부터 수습해야 할 거고 일은 대진에서 같이 해야 안 되겠습니까. 그리고 뭘 어째야 할지는 궁리해 보면 되는 거고, 피붙이 찾는 일에 배우고 안 배우고가 무슨 상관이 있겠습니까. 문제는……."

표지태의 눈길과 그의 눈길이 다시 한 번 거울 속에서 부닥쳤다. 옥구열은 잠시 망설이다 말을 이었다.

"앞장설 사람 아니겠습니까."

표지태가 고개를 끄덕이다 말했다.

"정식으로 인사를 나눈 기 바로 지금이고."

표지태가 옥구열이 건넨 명함을 다시 보았다.

"옥 사장님 형편을 모르겠지만 시방 내 생각엔 옥 사장님이 일을 맡으몬 잘 되겠다 싶네예."

옥구열은 머리가 찡해 오는 기분을 느꼈다. 표지태가 말을 이었다.

"일 하는데 장소가 필요하몬 내 이발관을 쓰도 됩니더. 사람들 들락거리기가 수월한께네."

표지태의 눈길이 날아왔지만 옥구열은 처음으로 눈을 감으며 피했다. 이야기가 너무 빠르게 흘러가다 어느새 자신이 앞장서서 일할 사람으로 지목되고 있었다.

"벌써로 내한테 몇 사람이 찾아왔십니더. 입장은 서로 알고 있지만 그동안 입 다물고 있다 인자 입을 여는 기라요. 인자 내놓고 말해도 안 되나, 이대로는 못 있는다, 그런 이야기들이라요."

표지태가 혼잣말처럼 목소리를 가라앉혔다.

"다른 데서도 지금 우리처럼 이런 이야기들을 하고 안 있겠십니꺼. 우리 이야기가 빠른 긴지 늦은 긴지는 모리겠지만."

옥구열은 눈을 떴다. 오늘 여기서 둘이 할 수 있는 말만 하자. 그는 그렇게 생각했다.

"네에, 그렇겠지요. 오늘 표 선생님하고 이야기 나눈 것도 그 중의 하나겠지예. 그것만 해도 큰 소득 아니겠습니까. 서로 궁리해 보입시다. 금야의 외사촌분께 제 이야기를 해 두셔도 됩니다. 다음에 또 대진에 내려오면 찾아오겠습니다. 그때는 일부러 머리 안 깎고도 이야길 할 수 있겠지요?"

두 사람은 자리에서 일어나며 소리 내어 웃었다.

그러고도 옥구열은 대진에서 일을 시작하지 못하고 있었다.

동성이발관에서 안치홍을 한 번 만나기는 했지만 무슨 일을 하게 되면 대진읍과 금야면이 같이 해야 한다는 정도의 이야기만 나누었을 뿐 언제 어떻게 일을 시작해야 하는지까지는 나아가지 못했다.

그러던 차에 지난 5월 11일, 거창군 신원면에서 일어난 사건을 신문과 입소문으로 들으면서 심경은 더욱 복잡해졌다. 희생자 수도 워낙 많고, 군 작전 중에 일어난 일인 데다 사건 직후 국회조사단의 현지 방문을 군에서 방해한 일까지 겹쳐 세상에 널리 알려진 게 신원면 사건이었다. 11일, 합동묘지를 마련하고 위령제를 지내던 유족들 중 일부 흥분한 사람들이 학살 당시부터 주민들의 원성을 샀던 면장을 불태워 죽이는 사건이 일어나 버린 것이다. 그 일을 두고 옥구열은 원망이란 게 얼마나 무서운가를 실감하면서, 또 한편으로는 유족회 일의 지난함에 대해서도 숙고하지 않을 수 없었다.

4 · 19 뒤부터 오늘까지 유족회 일에 대한 옥구열의 형편이나 심경이 그러했기에 방금 전에 지켜본 두 사람의 침묵시위는 더욱 놀라운 것이었다. 그동안 대진에서 안치홍과 표지태와 나눈 이야기가 오직 세 사람만의 머리 맞댐이었다면, 두 사람의 행동은 보련 문제를 세상에 공개적으로 내놓은 것이었다. 이 푸른 5월의 하늘 아래 유족들의 목소리를 떳떳하게 드러냈다는 것, 그건 참

으로 비장한 용기가 아닐 수 없었다. 두 사람은 유족회가 앞으로 나아가야 할 방향까지도 짚어 주고 있었다. 선 유해수습, 후 진상규명. 그리고 누군가는 나서야 한다.

어느새 그는 자신의 운수회사가 보이는 길까지 와 있었다. 차고지는 집 건너편의 나대지를 빌려 쓰면서 창고 하나를 지어 사무실과 같이 쓰고 있었다. 그는 집으로 바로 갔다. 아내는 마당 한켠의 장독대를 물걸레로 닦고 있었다.

"여보, 지금 대진에 내려갈 건데 속옷 좀 챙겨 줘요."

아내가 허리를 펴고는 물었다.

"갑자기 와, 무슨 일이 있어예?"

"응, 일이 좀 있어."

"열 있는 사람처럼 얼굴은 와 그리 벌겋소?"

"그래? 길에 좀 나갔다 왔더만은."

봄 햇볕 아래 오래 걸어서이기도 하지만 침묵시위를 본 감격과 대진에 내려갈 결심이 자신을 흥분시키고 있었다. 그는 수돗가로 가면서 말을 보탰다.

"사업 일은 아니고, 대진서 아버님하고 관계된 일을 며칠 할 건데, 돈도 좀 챙겨 주고."

"무슨 소식 들은 기 있어예?"

아내가 곁에 섰다.

"소식이 있어 가는 게 아니라, 유족회 만들어서 유해 수습부터 해야지."

옥구열은 유족회 말까지 하고 말았다. 어차피 아내도 알아야 할 일이었다.

"여보!"

아내는 표정이 굳어진 채 할 말을 찾고 있었다.

"일도 일이지만, 그보다 아직 세상이 어찌 될지도 모르는데……."

아내는 유족회 일이 시국과 관계된다는 걸 잘 알고 있었다. 옥구열은 한 걸음 다가가 아내의 손을 가만히 잡았다.

"당신 맘, 알겠소. 그렇지만 언제까지 기다릴 수는 없지 않소. 실은 좀 전에 길에서."

그는 침묵시위를 지켜본 이야기를 간단히 했다.

"그러니까 시작된 거지, 다른 데서도 비슷한 일이 진행되고 있다고 봐야 할 거고."

잡고 있는 아내의 손아귀에서 힘이 느껴졌다. 왜 당신이냐, 그런 뜻일 거였다.

"내 혼자 하는 일도 아니고 우선 다른 유족들 만나 이야기해 보자고 내려가는 거요. 일이 제대로 되려면 순서가 아직 많이 남았소."

그는 아내의 다른 손도 마주 잡았다.

"당신 맘 내가 와 모르겠소. 너무 걱정 안 해도 될 거요."

아내는 맞잡은 손에 더욱 힘을 주는 것으로 자신의 마음을 전하고 있었지만 입을 열지는 않았다.

옥구열은 원 씨에게 트럭에 가두방송을 할 수 있게 준비해서 내일 2시까지 대진으로 보내라고 일러두고는 시외버스 차부로 갔다. 양복으로 갈아입은 그의 손에는 아내가 정성스레 챙겨 준 보스턴 가방이 들려 있었다.

대진에 내린 그는 곧장 동성이발관으로 갔다. 그리고는 표지태와 같이 전신전화국 지소부터 찾았다. 연락처가 되든 신청소가 되든 전화가 있어야 할 것이었다. 돌아오는 길에는 문구점에 들러 공책과 필요한 필기류 등을 샀다.

금야의 안치홍을 만난 건 저녁이었다. 세 사람은 이발관의 대기용 장의자에 앉았다. 탁자와 물주전자, 재떨이까지 갖추어진 그곳은 더할 나위 없는 회의실이자 사무실이었다. 세 사람은 약속이라도 한 듯이 탁자 위에 놓인 공책을 물끄러미 내려다보았다. 공책 표지에 뭐라고 적을까를 생각한다는 건 곧 그들이 '어떤 일'을 시작하고 있다는 첫 실감이기도 했다.

"유족회 결성일지하고 신고자 명부부터 만들어야 될 것 같은데."

옥구열이 먼저 입을 열었다.

"그렇네요. 유족회 명칭도 정해야 할 끼고."

"그냥 유족회라고는 할 수 없지."

말문이 터졌다.

"보련에 든 사람들만 희생된 게 아니니까, 다른 희생자들도 포함할 수 있는 명칭을 써야 할 겁니다."

"그렇지, 그게 중요하겠네."

"대진하고 금야 두 쪽인데 이름을 우찌 짓노?"

"대진이 희생자 수도 많고 여기서 일을 해야 할 거니까 대 자 하나 빌리고, 금야 쪽은 면 이름을 넣나, 군 이름을 한 자 넣나, 그것만 정하면 안 될까?"

"어차피 정할 일, 여기서 작명해서 나중에 추인받는 기 좋겠네. 가만 있어 봐라, 뭐가 좋을꼬……."

표지태는 오른팔을 가슴에 두르고 그 위에 얹은 왼손으로 턱을 받치고, 안치홍은 벽에 붙은 달력을 바라보았다.

"금야는 금 자로 하지. 군마다 유족회가 생긴다고 보면 구분도 가야 하니."

안치홍의 말에 표지태가 고개를 끄덕였다. 옥구열은 공책을 끌어당기고 진작부터 양복 호주머니에서 꺼내 놓은 만년필 뚜껑을 열었다.

'대금 피학살자 유족회 결성일지'

공책의 겉장에는 그렇게 쓰여졌다. 보련 가입자가 아닌 희생자도 포함한 명칭을 써야 한다고 말했던 옥구열은 '피학살자'라는 용어를 염두에 두고 있었지만 말로는 하지 않았다. 두 사람도 그걸 입 밖에 내는 게 싫었던지 공책에 쓰여진 까만 글씨만 물끄러미 보고 있었다.

옥구열은 다른 공책을 끌어당겨 표지에다 '대금 피학살자 신고명부'라고 썼다.

"이름 짓고 나이 일이 다 된 것 같네."

"시작이 반이지."

"인자부턴데요."

세 사람은 제각기 한마디씩 하고는 유족회 결성 방법과 그 다음에 해야 할 일의 순서를 이야기하기 시작했다.

"유족들에게 알리는 일이 가장 먼저 아니겠십니꺼."

"접수 받으면서 큰 동리 단위로 책임자나 연락책 정하고, 동시에 임원진 구성하고."

"결성대회 날짜는 접수되는 숫자 보고 정하면 될 거고."

옥구열의 말에 세 사람은 눈길을 마주쳤다. 희생자 수! 부친과 동생, 형이 그 속에 들어 있다는 감회가 그들을 잠깐 동안 숙연하게 만들었다.

잠시 뒤 안치홍이 입을 열었다.

"금야지서에서 대진으로 넘어온 사람들이 마흔 명은 더 된다는 소리가 있습디다."

옥구열은 표지태를 바라보았다.

"대진은 아직 알 수가 있어야제. 대진리 여섯 부락 말고도 큰 동리가 너무 많은께네."

"접수를 받아 보면 알겠지요. 우선 내일은 동리마다 알리는 일부터 합시다."

옥구열의 마지막 말에 세 사람의 시선이 마주쳤다.

"벽보도 붙여야겠지만, 자동차로 돌면서 방송하면 훨씬 빠르고 확실하지 않겠습니까. 그래서 내려오면서 준비를 해 두었어요. 두 시까지는 대진에 트럭이 내려올 겁니다."

"그러면 일은 일사천립니다. 마을마다 벽보를 붙인다 해도 사람들 만나 설명은 해얄 낀데 그리 되면 시간이 얼마나 많이 걸리겠십니까? 나는 마 그기 제일 걱정이었는데……."

안치홍의 얼굴에는 새삼 기운이 돌고, 표지태가 "내가 옥 사장 명함 보고 이런 거까지 다 생각했지." 하며 웃음을 터뜨렸다.

세 사람은 내일부터 하루하루 할 일을 정리한 다음 표지태의 아내가 가져온 밥상을 받았다. 이발소 바로 뒤에 살림집이 붙어 있었다.

한용범의 이름이 나온 것은 술잔이 몇 차례 돈 뒤였다.

"옥 사장도 그분 아시지요?"

안치홍이 소주잔을 건네며 말했다.

"면은 없어도 존함이나 그때 사정은 들어 알지요."

"일은 옥 사장하고 내가 나서서 하더라도 그분께 미리 말씀드리는 기 옳지 않나 싶습니다."

표지태도 고개를 끄덕였다.

"그럼, 내일이라도?"

"그라는 기 좋겠네예. 근데, 미안하지만 전 내일 집에 일이 있어 아침 일찍 금야로 내려가야 합니다. 어떻게, 옥 사장 혼자 가실 수 있겠십니까?"

"그러죠. 우리 뜻을 전하는데 찾아가는 사람 숫자가 많고 적은 게 어데 문제겠습니까."

옥구열은 수월하게 안치홍의 말을 받아들였다. 그는 셋 중에서도 자신이 유족회 일의 제일 앞장에 서 있다는 걸 알았지만 마음이 불편하지는 않았다.

대진의 가장 낮은 땅에서

"운수업을 하시는군요."

옥구열이 건넨 명함을 보며 한용범이 말했다.

"중고 도라꾸 두 대로, 영세합니다. 그래도 제 사업이 이번 일에 도움이 될 것 같아서 다행이다 싶습니다."

"일이라니요?"

아침 8시 조금 지나 옥구열은 표지태가 일러 준 한용범의 집을 찾았다. 이른 방문인 줄은 알았지만 마음이 화급했던 것이다.

"오후에 제 회사 차로 읍을 돌며 육이오 때 희생된 민간인 유족들한테 신고해 달라고 가두방송 하고 다닐 예정입니다."

"민간인 유족들 신고요?"

한용범이 놀란 표정을 지으며 명함을 다시 눈여겨보았다.

"초면인데 이른 시간에 갑자기 찾아와서 뜬금없는 얘길 드려 죄송합니다. 잠시만 제 얘길 들어 주십시오."

옥구열은 자신의 부친이 보련에 가입되어 희생되었다는 것부터 시작해 유족회를 만들게 된 경위의 자초지종을 설명했다.

옥구열의 이야기가 끝나고도 한용범은 한동안 입을 열지 않았다. 몇 분 동안의 이야기 속에는 마음에 접어 두었던 10년 전의 일과, 그에 비해 시간은 훨씬 짧기는 하지만 생각은 한없이 깊은 4·19 전후의 사정이 한꺼번에 담겨 있었기 때문이다. 동시에 그의 침묵 속에는 초면인 사람의 느닷없는 방문과, 그 사람이 하는 이야기의 골자인 '유족회'에 대한 무의식적인 방어기제도 작용하고 있었다.

1950년 10월에 불기소처분을 받고 풀려난 뒤 한용범은 시간의 무덤에 갇혀 있었다. 기소 여부에 상관없이 요주의 인물로 사찰 대상이 된 그는 두문불출하다시피 지냈다. 서울에 살던 작은형이 전쟁 때 납북되었다는 것도 그를 이중으로 옥죄고 있었다. 그렇게 보낸 10년은 그야말로 어제가 오늘 같고 내일이 어제 같은, 그 자리에서 맴도는 시간이었다. 나무가 자라고 자식들이 자라는 세월은 전혀 다른 시간인 양 생각되어 자신을 향해 한 번씩 치를 떨 때도 있었다.

그런 한용범에게 4·19는 감격에서 끝나지 않는 하나의 실체였다.

그는 4·19를 선거가 있던 3월 15일 밤을 뜬눈으로 새운 것으로 실감했다. 기차 통학을 하면서 마산에서 고등학교에 다니는 작은아들이 귀가하지 않았기 때문이었다. 마산에 직장이 있거나 일을 보러 갔다 밤늦게 돌아온 사람들은 시내에서 데모가 벌어졌으며 총소리도 나고 정전까지 되었다고 했다. 다음 날 그는 첫차를 타고 학교로 달려갔다.

정문 앞은 휴교문제를 둘러싸고 학생들과 교사는 물론, 자기처럼 간밤에 귀가하지 않은 자식 때문인지 학부형들까지 몰려들어 수선스러웠다. 아들이 자기를 먼저 알아보고 달려왔다. 무사하다는 안도감과 더불어 밤새 애태운 걸 생각하니 빰이라도 한 대 올려붙이고 싶은 심정이었다. 아들은 막차를 타고 가리라 마음먹고 시위대 뒤를 따라다니다 보니 차도 놓치고 전화도 못 했다고 머리를 긁적이며 미안해했지만 표정만은 밝았다. 아들을 재워 준 친구놈은 물론 다른 학생들 모두 어떤 성취감과 기대 때문인지 상기된 얼굴이었다. 삼삼오오 모여 서서 어젯밤 친구들 중 누가 다치고 누가 경찰에 붙잡혀 갔는지를 알아야 한다는 아이들의 이야기를 들으면서 아들의 손목을 붙들고 당장 집으로 데려가고 싶은 마음은 사라졌다. 갑자기 내려진 휴교령을 두고 선생님들에게 따지는 학생들의 모습은 당당하면서도 활기차 보였다. 한용범은 아들로부터 귀가 다짐을 받고 돌아섰다. 제 자식만 걱정한 자신이 옹졸해 보였다. 그는 지난밤의 시위 흔적이 남은 어수선한 시내를 살펴보고 집으로 돌아왔다.

마산에서 시작된 시위가 전국으로 확산되는 동안 한용범은 작은아들은 물론 서울에서 대학을 다니는 큰아들 걱정도 하면서 조바심을 태웠다. 그는 이번 시위를 통해 자유당 독재 정권을 무너뜨려야 한다는 국민으로서의 열망 말고도 한 개인으로서도 이 정권의 말로를 보아야 했다. 전쟁 때 당한 고통을 씻고 요시찰 대상에서 벗어나는 방법은 정권이 바뀌는 길밖에 없었기 때문이었다.

어른들보다 학생들이 앞장서고 그들이 피를 흘린다는 소식을 들으면서, 자식 둘도 데모에 참여하다 혹시나 몸이라도 다칠까 하는 걱정이 앞서는, 내면적으로는 매우 혼란스런 시간이었다. 그렇게 기대와 희망, 걱정과 자기모순 속에서 맞은 4 · 19였지만 12년 독재정권이 무너졌다는 사실이 한용범에게 남다른 소회를 갖게 한 것만은 분명했다.

이승만 대통령의 하야 뒤부터는 무엇을 어떻게 해 보아야 하지 않느냐는 막연한 기대도 자라나고 있었다. 그 기대는 지난 십년 동안 자기 소유의 산에 나무를 심거나 과수원을 일구고 자식들을 키우면서 가질 수 있는 그런 희망과는 전혀 다른 성질의 것이었다. 그 여망은 문밖 출입을 자제하며 지내 온 오랜 생활습관에 묻혀 버리기도 했다가 또 어느 날에는 제법 뚜렷한 모습까지 갖추어서 마음을 흔들어 놓기도 했다.

한용범은 동생 시명의 무덤을 찾아 마음 놓고 통곡함으로써 새로운 시간의 문을 열었다. 매제가 동작동 국립묘지에 묻혀 있어 누이동생의 봉분은 더욱 외로웠다. 그 어느 해의 봄보다도 새로운 기운으로 충만한 바람과 햇살, 과수원에 흐드러지게 핀 하얀 배꽃이 동생을 죽이고 대신 살았다는 죄책감에 억눌려 살아온 그의 눈물을 쏟아지게 했다.

그렇지만 자신은 무덤이라도 썼다는 점에서 대진 땅에서 제 피붙이들을 잃은 다른 유가족들에 비해 형편이 낫다는 걸 모르는 바 아니었다. 그들이 소문으로만 돌던 처형 현장을 찾아 헤매고 있다는 걸 알기 때문이었다.

"죄송합니다, 바쁜 시간 빼어 놓고 심사까지 어지럽게 해서."

한용범의 심중을 읽기라도 한 듯 옥구열이 입을 열었다.

"그렇지만 어제 세 사람이 모인 자리서 한 선생님 성함이 어찌 그냥 불쑥 나왔겠습니까. 대진서 유족회 일을 하면서 한 선생님 의견을 듣지 않으면 안 된다 하는, 그런 공통된 맘은 우리 세 사람뿐 아니라 앞으로 모일 사람들 모두의 생각 아니겠습니까."

옥구열의 말은 한용범에게 자신의 처지와 더불어 유해조차 수습하지 못하고 있는 다른 유족들의 형편을 다시 환기시켜 주고 있었다. 한용범은 신음소리를 속으로 삼켰다.

"근데 첨에 하신 말씀으로는 보련 희생자 유족회가 아니고 민간인 희생자 유족회를 만들겠다, 그렇게 들리는군요."

한용범으로서는 자신의 입장을 밝히기 위해서라도 유족회의 성격을 명확하게 확인해 둘 필요가 있었다.

"그렇습니다. 그때 희생된 분들이 모두 보련 관계자는 아니지 않습니까. 유족회가 두개 세개 나올 수는 없으니 포괄적으로 하자는 겁니다."

옥구열은 목소리를 가다듬었지만 한용범의 개인 사정에 대해서는 말하지 않았다.

"여보, 찻상 봐 왔어예."

문 밖에서 한용범의 처가 말했다. 한용범이 의자에서 일어나며 옥구열을 보았다.

"참, 내가 아침은 들었는지, 그것도 물어보지 못했네요."

옥구열이 얼른 일어났다.

"찻상은 제가……. 차부 앞에 조반 내는 집이 있어 요기를 했습니다."

옥구열은 마루에 놓인 차판을 들고 들어와 탁자 위에 놓았다. 심한 편은 아니었지만 한용범은 총 맞은 왼쪽 다리를 절었다.

"색깔이 참 곱습니다."

하얀 잔에 발그레한 오미자차가 상큼해 보여 옥구열이 한마디 보탰다. 두 사람은 차를 마시느라 잠시 대화를 멈추었지만 그래도 분위기는 한결 부드러워졌다. 말문을 먼저 연 사람은 한용범이었다.

"오늘 오후부터 유족회 회원들 모으는 안내 방송을 한다고 했는데, 어찌 그리 빨리 준비를 했소? 그라고 옥 사장이 동성이발관에 찾아와 두 사람을 만났다는 게 맞다면 옥 사장은 도대체 언제부터 이 일을 생각했단 말이오?"

말을 해놓고 보니 추궁하는 꼴인 듯해서 한용범은 뒷말을 보탰다.

"옥 사장이나 내나, 그때 일을 당한 사람들이나 모두 사일구 뒤로 여러 가지 생각이 있었을 것이기 때문에 하는 소립니다."

"말씀 낮추시지요. 동향의 동생뻘 되는 사람을 만나는데 어렵게 대하실 거 있습니까. 사실, 첨에는 저도 유해부터 찾아봐야 한다는 그런 마음뿐이었습니다. 그렇지만 생각이 바로 몸을 움직이게 하는 건 아니지 않습니까. 그런 차에 어제 마산서 두 분이 벌이는 침묵시위를 보는데, 그만 머리가 띵한 게 눈물이 팍 나지 않겠습니까."

옥구열은 유족회 일을 서둔 심사를 털어놓았다.

"충격을 받을 만도 했겠네요."

이야기를 다 듣고 난 한용범이 고개를 끄덕였다. 그러면서 그는 무얼 생각하는지 마당 쪽 햇살 드는 문 창호지를 물끄러미 바라보았다. 밖에서 일하는 사람답게 검붉게 탄 건강한 혈색이었지만 깊은 주름이 이마에 골을 만들어 놓고 있었다. 옥구열은 그 주름이 처형 현장에서 구사일생으로 살아남고 여동생을 잃은 고통의 흔적이리라 싶었다.

"유족회가, 시간하고 노고가 많이 드는 일일 텐데요."

잠시 뒤 한용범이 말했다.

"안 그래도 어젯밤에 여관방에서 제법 뒤척였습니다. 이런저런 오만 가지 생각이 다 났지만, 내가 할 수 있는 데까지는 하자, 그게 결론이었습니다. 허허."

"허허, 듣기 좋은 말이네요. 나도 내가 할 수 있는 일만 하면 되겠군요."

한용범의 목소리에는 힘이 실리고 쾌활함이 넘쳤다.

"고맙습니다! 그럼 전 돌아가겠습니다. 벽보나 방송 문구도 생각해야 되고, 다른 준비도 해야 하니."

한용범은 마당까지 나와 옥구열을 배웅했다.

한용범의 집에서 나온 옥구열은 그 길로 문방구부터 들렀다. 그리고는 여관으로 돌아와 주인에게 넓은 상을 부탁해서는 벽보를 쓰기 시작했다. 고심 끝에 그는 문구를 이렇게 정했다.

'6·25 사변 시 희생당한 민간인 분들의 유족께옵서는 희생자들의 행방을 찾고 진상조사를 촉구하는 데 동참해 주시길 앙망합니다. 신고소-읍내 동성이발관'

첫 장을 쓰고는 일어서서 내려다보니, 먹물이 아닌 검은 잉크를 붓에 찍어 썼지만 그런대로 글씨체도 선명했다. 한 자 한 자를 다시 소리 내어 읽어 보며 그는 자기 손으로 이런 글귀를 썼다는 사실 자체가 새삼스러워 눈시울이 잠시 뜨거웠다.

그는 나머지 전지 모두 한 장도 버리지 않고 반듯하게 글을 써서는 그걸 접어 들고 표지태의 이발관으로 갔다. 길을 걸으며 그는 미창을 유심히 살폈다. 눈에 띄는 주름치마 지붕이며 붉은 벽돌까지 건물은 예전 그대로였다. 그가 미창을 다시 찬찬히 살핀 것은 그쪽 어느 벽에다 안내문을 꼭 한 장 붙이고 싶었기 때문이었다.

표지태는 이발 의자를 마른 걸레로 닦고 있는 젊은이와 이야기를 하다 그를 맞았다.

"이런 문구로 썼는데 어떤지 같이 한번 봅시다."

옥구열은 전지 한 장을 탁자 위에 펼쳤다.

"그리고 참, 풀을 좀 쑤어야 합니다. 모두 열 장입니다."

"어디 면경 앞에 세워 보이소. 그라고 김 군아, 인사드리라. 얼마 동안 일해 줄 친구입니더."

옥구열은 젊은 이발사와 안내문을 맞잡았다.

"좋네예, 더 할 말이 뭐 있겠십니꺼. 필체도 보통이 넘네요."

"그래 보아 주니 다행입니다."

표지태가 안채로 들어간 사이에 옥구열은 가두방송할 문구를 다듬었다. 벽보 글 앞뒤에 한두 마디만 붙이면 될 것이었다.

"전화 때문에 전화국에 다시 갔더이 긴급이라 캐도 빨라야 다음 주에나 된답디더. 그래, 한 선생님은 만나 봤십니꺼?"

안채에서 나온 표지태가 말했다.

"예. 도와주실 뜻을 비쳤습니다."

"다행이네예. 전 책상 구해 놓고 치홍이가 오몬 신고서 같은 다른 준비 하겠십니더."

"그럼 전 지서에 가서 오늘 가두방송한다는 거하고 벽보 붙인다는 신고를 하겠습니다. 참 그리고, 저 앞의 미창 벽에다 안내 벽보를 한 장 붙였으면 하는데 누구한테 말해야 하나요?"

표지태가 잠시 옥구열의 말을 새기더니 일어났다.

"그 좋은 생각이네예, 뜻이 있겠습니더. 국회의원 선거 때도 벽보 붙이는 데니 내가 가서 말을 한번 해 보지예."

그렇게 해서 첫 장은 당연히 동성이발소 간판 옆에 붙이고 두 번째 장은 마산에서 들어올 때 가장 먼저 보이는 창고 벽에 붙였다. 그때는 금야의 안치홍도 도착해 세 사람이 같이 나가 붙였다. 그들은 풀통과 도배용 풀비를 들고 나란히 서서 벽보를 바라보았다. 피붙이들이 내일을 모르고 갇혀 있다 어디론가 끌려간 창고 앞에서 세 사람은 아무 말도 없이 잠시 서 있다 발걸음을 돌렸다. 뜨거워진 눈시울을 서로 보이지 않으려고, 그들은 길을 다 건널 때까지 서로의 얼굴을 마주치지도 않았다.

"대진 읍민 여러분, 안내 말씀 올립니다. 육이오 사변 시에 희생당한 민간인분들의 유족께옵서는 희생자들의 행방을 찾고 진상조사를 촉구하는 데 동참해 주시길 앙망합니다. 신고소는 읍내 미창 건너편 동성이발관입니다."

약간은 떨리는 목소리로 옥구열의 첫 가두방송이 나온 건 오후 2시가 지난 시각, 읍사무소 앞에서였다. 멀찍이 서서 트럭을 바라보던 안치홍과 표지태가 엄지를 높이 들어 보였다. 옥구열은 두 사람을 향해 손을 잠시 들어 보이고는 다시 마이크를 잡았다. 또박또박, 적힌 대로 읽기만 하자. 그는 감정을 억누르며 다짐했다. "대진 읍민 여러분, 다시 한 번 안내 말씀 올립니다. 육이오 사변 시 희생당한 민간인분들의 유족께옵서는 희생자들의 행방을 찾고 진상조사를 촉구하는 데 동참해 주시길 앙망합니다.

신고소는 읍내 미창 건너편 동성이발관입니다."

차가 천천히 움직였다. '대금 민간인 피학살자 유족회' 결성은 그렇게 시작되었다.

일을 시작한 지 나흘 만에 신고자가 130명이나 되었다. 우선 50명만 넘어서면 창립날짜를 잡기로 했기에 놀랄 만한 수가 아닐 수 없었다. 트럭으로 두 번이나 안내방송을 한 게 도움도 되었겠지만 결국은 유족들의 열망이 이룬 결과였다. 그동안 안팎으로 가두고 눌러 왔던 원망이 봇물처럼 터진 것이었다. 31일을 창립대회 날로 정하고 옥구열과 안치홍이 본서로 가서 집회계를 냈다.

당일 2시가 되자 대진극장에는 엄청난 숫자의 사람들이 모였다. 의자가 모자라 바닥에 앉고 양편 통로와 뒤편에도 섰다. 신고자도 늘어났을뿐더러 가족들까지 참석했기 때문이었다. 고향을 떠나 마산과 대구, 부산으로 이사를 간 사람들도 눈에 띄었다.

옥구열의 사회로 회의가 시작되었다. 식순의 처음은 국기에 대한 경례였다. 옥구열은 극장 측에다 다른 것은 다 두고라도 태극기만은 꼭 정면 단상에 걸어 달라는 부탁을 했었다. 유족들이 모두 대한민국의 국민이라는, 너무 당연해서 말할 필요조차 없는 그런 사실을 확인해 줄 수 있는 물증이 꼭 필요하다고 생각했던 것이다. 국기에 대한 경례가 끝난 뒤 모두 함께 애국가를 제창했다. 여기저기서 흐느끼는 소리가 들려왔다. 지난 10년간 빨갱이 가족으로 억울하게 살아오면서 맺힌 설움이 가사 한마디, 곡조 한마디마다 넘쳐흘렀다. 눈물 속에 부르는 애국가는 모든 유족들이 그 긴 세월 동안 하지 못했던 말이었다.

미리 총회를 준비한 사람들을 대표해서 한용범이 인사를 겸해 유족회 결성이 왜 필요한지와 어떤 일을 해야 할지를 간단히 설명했다.

다음은 임원구성이었다. 회장과 상임부회장을 정하고 각 부락별로 연락책임자를 부회장으로 해서 회장단을 꾸미고, 사무국에 총무, 조직, 운영부서를 두어 실제적인 일들을 맡도록 했다. 미리 의논한 대로 회장은 옥구열, 상임부회장은 안치홍, 한용범은 자문 상담역을 맡았다.

그동안 입을 꾹 다물고 지켜만 보던 사람들이 한마디씩이라도 입을 열기 시작한 것은 유해발굴과 그 사후처리에 대한 논의를 시작하고부터였다.

"느티골에도 쓰리쿼타가 한 번 올라갔다 합디더."

"덕산고개도 빼몬 안 됩니다!"

"유골을 수습해서 누가 누군지 어떻게 구별할 끼며 또 어데다 모셔 둘 끼요?"

학살이 이루어지던 그때 들은 이야기든, 그 뒤에 나온 이야기든 당시의 상황에 대한 여러 가지 정보들도 나왔다. 옥구열이

제기된 여러 의견과 총회를 준비하면서 생각해 둔 계획을 정리했다.

그리고 오늘 의논하지 못한 사항이나 향후 구체적인 진행은 회장단에 일임해 달라는 안치홍의 제안까지 받아들여졌다.

"이대로 파하몬 안 된다!"

의관을 제대로 갖춘 영감님 한 분이 일어선 것은 그때였다.

"사설재판소 만들어 갖고 죄 없는 사람들 잡아가서 즈그들 멋대로 쥑인 놈들은 우짤 낀데? 지서 주임 말고는 말캉 시퍼렇게 눈 뜨고 띵띵거리며 살고 있는데, 그놈들은 우짤 끼고!"

영감님은 몸을 부들부들 떨며 그대로 서 있었고, 여기저기서 수군거리는 소리들이 극장 안을 어지럽게 떠돌았다. 유족이라면 누구나 입을 열고 싶던 가해자 문제가 나오고 있었다. 모두들 전쟁이 나던 그해 여름에 비상시국대책위원회라는 걸 만들었던 사람들이 벌써부터 몸을 피했다는 걸 알고 있음에도 꺼내지 않을 수 없는 문제였다. 옥구열의 머릿속에는 그 여름, 땡볕 아래 길바닥에 돗자리를 펴고 앉아 손자가 갇힌 미창을 하염없이 바라보던 노인이 떠올랐다.

발언을 한 영감님이 가족과 같은 부락 사람에 의해 앉혀지고 난 뒤에도 장내는 수선스러웠다.

"나도 한마디 합시다!"

사람들의 눈길이 몰린 의자에서 소리친 사람이 일어나고 있었다. 의자 앞 바닥에 놓아둔 목발을 집어 겨드랑이에 끼우고 일어나야 했기 때문에 일어서는 데 시간이 많이 걸렸다. 옥구열은 그가 고시돌임을 한눈에 알 수 있었다.

가두방송을 하면서 착잡한 심사로 고향 마을에 들렀을 때 고시돌이 그를 붙들고 울었다.

"구열아, 고맙다이! 니가 이렇게 나서 주이 정말 고맙다이!"

동부전선에서 두 다리를 잃은 고시돌은 아주 술꾼이 되어 버렸다. 툭하면 시비고 싸움질이라 동네에서도 제쳐놓은 인물이 되었다. 언젠가 한번은 부친을 보련에 가입시킨 구장을 죽인다고 달려들었다 몇 번이나 지서 신세를 지기도 했다.

"내 인자 정신 채리야지, 사람 구실 하며 살아야지, 구열아, 내 인자 술 안 마실 끼다. 니가 도라꾸 타고 가두방송 하는 거 보이 나도 정신이 든다."

옥구열은 아무 말도 못하고 친구의 거친 손만 힘주어 잡았다. 자신이 지금 시작하려고 하는 일이 여러 모습으로 이그러지고 망가진 유족들의 상처를 치유하는 첫걸음이라는 생각에 마음이 무거웠다.

"지는 금동 사는 고시돌입니더. 사일구 나고 나서 제 부친을 보련에 속임수로, 억지로 가입시킨 구장이 찾아왔십디더. 그라고는 자기도 우에서 시켜서 그랬다고, 우짤 수 없이 그랬다면서 미안하다 캅디더. 말 한마디가 천냥 빚을 갚는다는 기 맞습니꺼? 지는 지금도 잘 모르겠십니더. 그래도 좀 전의 어른 말씸처럼 이런저런 지시 내리고 일 꾸민 대가리들은 그냥 둘 수 없다고 생각합니다. 그 말 할라꼬 일어났심더."

고시돌이 자리에 앉는 동안 박수 소리와 옳소 하는 고함, 수군거림이 장내를 휩쓸었다. 옥구열의 부탁으로 한용범이 단상 위로 올라갔다. 한용범은 탁상 위에 두 손을 얹고 숨을 한 번 가다듬은 뒤 입을 열었다.

"그때 일을 생각하면, 가슴 속에 하고 싶은 말 꽁꽁 묻어 두고 살아온 지난 십 년을 생각하면 억울함과 분함이 어찌 하늘을 찌르지 않겠습니까. 여기 모인 우리들뿐 아니라 그 일을 당한 경남이고 경북이고 어디 할 거 없이, 유족들이라면 다 같은 심정 아니겠습니까."

한용범은 자기를 향해 쏟아지는 눈길들을 의식하면서 다시 한 번 숨을 가다듬었다.

"그렇지만 지금은 뭣보다 먼저 할 일과 뒤에 할 일을 구분하는 게 중요하다고 생각합니다. 우리가 할 일이 있고, 못 하거나 해서는 안 될 일이 있지 않겠습니까. 십 년을 기다려 왔는데 몇 달이나 일 년을 못 기다리겠습니까? 방금 해 주신 말씀들도 하도 억울하니까, 그리고 지금 당장이 아니라 뒤에 반드시 진상을 조사해서 책임을 따져야 한다는 뜻으로 하신 말씀일 겁니다. 제발 고정들 하시고, 오늘 모인 취지를 잘 살려 내일 일을 도모토록 하는 게 좋을 성싶어 한 말씀 드렸습니다."

"그렇게 합시다! 선후를 따져 일을 합시다!"

몇 사람이 한용범의 말을 거들고 나서고, 좌중은 다시 평상을 회복했다.

남은 식순은 망자들에 대한 묵념이었다.

"지금부터 억울하게 죽임을 당하고 구천을 헤매고 있을 영령들을 위해 묵념을 올리겠습니다. 제가 바로, 할 때까지 고개를 숙이고 서 계시면 됩니다. 그럼 일동, 묵념!"

흐느낌은 하얀 무명 치마저고리를 입은 여자들로부터 시작되었다. 입술을 깨물어 흐느끼는 소리를 입 밖으로 내지 않으려고 안간힘을 쓸수록 그 소리는 넓고 높게 퍼져 나갔다.

1960년 5월 31일, 대진의 피학살자 유족회는 그렇게 만들어졌다.

다음 날 하루 동안 임원들이 세 조로 나뉘어 현장을 사전 답사하고, 인부는 마산으로 나가 우선 필요한 장비들을 샀다. 그리고 이튿날, 학살 장소로 입에 자주 오르내리던 곳부터 발굴에 들어갔다.

유족들의 입에 자주 오르내린 명주골은 이웃 군과 경계를 이루는 산 아랫마을들 중에서 가장 깊은 골짜기에 자리하고 있었다. 차가 들어갈 수 있는 골짜기 안쪽부터 밑으로 내려오는 식으로 두 차례나 처형이 이루어진 곳이었다. 전쟁 뒤로 발길이 끊겨 다락밭들은 모두 묵정밭으로 내버려져 있었고 칡덩굴과 같이 얽힌 잡목만 무성했다.

인부들이 아래위로 조금 떨어져 있는 묵정밭 두 곳을 골라 낫으로 잡목과 덩굴들을 쳐내고 곡괭이로 땅을 파헤쳐 들어갔다. 얼마 되지 않아 위쪽 밭에서 흙속에 묻힌 탄피가 나오고, 이어 유골들이 발견되기 시작했다. 인부들의 고함소리를 듣고 옥구열이 밭으로 뛰어들어갔다. 그는 호미로 주위의 땅을 조심스레 헤치고 목장갑 낀 손으로 머리뼈를 덮은 흙을 털었다. 비교적 육탈이 잘된 편이었다. 다행이었다. 바로 옆에 있는 다른 뼈들도 마찬가지였다. 그는 조심스레 유골을 내려놓고 눈에 띄는 탄피를 몇 개 주웠다. 흙을 닦아 내니 탄피들은 파랗게 녹이 슬어 있었다. 탄피들은 길이나 굵기에 따라 두 가지 모양으로 나뉘었다. 가늘고 길이가 짧은 것은 경찰이 주로 쓰는 카빈 총알이고 굵은 것은 군인이 주로 쓰는 M1이었다. 탄피가 두 종류 나왔다는 건 경찰과 군인이 같이 총을 쏘았다는 뜻이었다. 옥구열은 허리를 펴고 일어났다. 얼굴에서 맴돌던 모기가 왱하고 달아났다. 유골이 나왔다는 소리를 들은 남자 유족들이 마대를 들고 현장으로 들어섰다.

"유골이 보이는 차례대로 자루에 담되 되도록이면 주변 흙도 같이 담읍시다. 유품도 확인해야 하니."

작업은 더디었다. 같은 장소라도 산등성이 쪽으로 붙은 곳에서는 땅이 습한지 완전히 육탈되지 못하고 살점이 조금씩 붙어 있는 유골도 나왔다. 인부들이 잠시 손을 놓자 옥구열은 마대 몇 장을 찢어 들고는 직접 유골들을 닦아 냈다.

해가 퍼지기 전 시작한 일이 점심때가 지나서야 끝났다. 머리 유골로만 헤아려 모두 마흔여섯 구였다. 유골들을 지게에 지고 평평한 언덕바지에 깔아 놓은 가빠 위로 옮겨 오자 유족들이 몰려들었다. 누렇거나 시커멓게 변색한 두개골과 완전하게 닦아 내지 않아 살점이 붙어 있는 유해들이 햇빛 아래 드러나자 부인네들 몇이 까무러쳤다. 팔목을 묶는 데 사용한 삭지 못한 철사를 보고는 오열이 터져 나왔다. 그것은 이승에서 제 아비, 제 형제, 제 남편이 마지막까지 부대꼈을 아픔의 유일한 흔적이었다.

유품은 반쯤 흔적이 남은 양복저고리 상단과 구두코 앞부분, 구두주걱, 검정색 남자 고무신, 가죽 혁대, 안경테, 은반지, 약병처럼 보이는 작은 병, 형(亨) 자로 짐작되는 글자 하나만 남은 나무도장이었다.

그런 식으로 알려진 세 곳의 유해를 먼저 발굴하고, 유족들이 따로 지목한 장소들을 찾는 데 꼬박 나흘이 걸렸다.

한용범도 자신이 끌려갔던 학살 장소로 갔다. 십 년 전 그날 밤 누군가가 우물거리며 말했듯이, 그리고 총을 맞은 뒤 정신을 차리고 몸을 피할 때 확인한 것처럼 송산고개에서 얼마 떨어진 곳이 맞았다. 그곳이 단 한 번만 학살 장소로 사용되었다는 것은 수습한 열두 구의 시신 숫자로도 확인할 수 있었다. 그런 점에서 그날의 학살은 한용범 자신을 표적으로 했을 수도 있다는 혐의를 지울 수가 없었다. 그는 자신이 묻힐 뻔한 그곳에서 발걸음이 떨어지지를 않았다. 너무나 환한 보름달이 차라리 무서웠던 십 년 전 그날 이후 한용범은 이 고개를 한 번도 지나가지 않았다.

어쩌다 진해에 갈 일이 있어도 지름길인 이곳 대신 애써 마산시내까지 들어가서 둘러 갔다. 그렇지만 이곳을 잊은 적은 한 번도 없었다. 그는 꿈속에서도 총을 맞고 이 언덕에 누워 있는 자신을 자주 보았다. 마지막으로 올려다본 달이 자신을 살렸을까. 삶과 죽음을 가로지르는 것, 그걸 운명이라고 이름 짓고 말기에는 죽은 자들이 너무나 억울했다. 그는 살아 있는 자신이 죽은 자들을 위한 몸이었으면 싶었다.

양복 차림으로 고개까지 내려와 죽었다는 금야면 사람을 찾는 건 불가능했다. 유족이라고 나서는 이도 없었다. 한용범은 같은 날 비슷한 시각에 산목숨으로 고개까지 내려와 유명을 달리한 그 사람을 위해 잠시 눈을 감았다.

학살 장소로 의심 가는 곳이 한두 군데 더 있었지만 시일을 너무 끌 수도 없는 형편이라 유족들은 일단 수습된 유골들로만 장례를 치르기로 합의했다. 신원을 파악할 수 있었던 시신은 단 두 구에 불과했다. 별표가 새겨진 금니와 이름이 새겨진 침통 덕분이었다. 단서가 될 만도 하다고 생각했던 도장의 가족은 끝내 나타나지 않았다. 발굴이 계속되는 동안 유족들은 가족의 유해 확인보다는 지금껏 행방불명 상태로 남아 있던 피붙이가 어쨌든 죽었다는 것, 그리고 학살 장소를 확인한 뒤 내 부친이고 내 남편일 수 있는 유골들을 다 같이 찾았다는 사실이 중요하다는 걸 깨달아 갔다.

다리뼈 두 짝을 시신 한 구로 쳐서 유골의 수를 파악한 다음

머리만 묻고 나머지 유골은 화장하기로, 그리고 묘는 한 봉분을 쓰기로 했다. 유족들은 모든 유골을 제 핏줄처럼 정성스럽게 씻고 닦았다. 두개골은 미리 마련한 336개의 나무상자에 담겼다.

6월 25일 오전 10시, 대진역 앞마당은 하얀 소복으로 뒤덮였다. 합동장은 고등학교 악대의 주악에 이어 분향, 독경, 조사, 유가족대표 인사의 순서대로 진행되었다. 합동장례식이 열린 대진역 앞마당은 읍내에서도 저지대에 속했다. 십 년을 참아 왔던 유족들의 통곡 소리가 가장 낮은 대진 땅에서 터져 나와 읍을 울리고 하늘을 찔렀다.

합동묘는 형편이 되는 유가족들이 십시일반으로 낸 돈에 각지에서 보내온 성금으로 마련했다. 7월 말에 예정된 민의원과 참의원 총선도 성금 모금에 도움이 되었다. 유족회는 부산으로 나가는 국도변 여곡마을에서 조금 떨어진 산기슭에 3백 평 정도 되는 땅을 샀다. 그냥 상자들을 차곡차곡 쌓아 올린 뒤 봉분을 했는데도 크기가 보통 묘의 세 배가 넘었다. 묻힌 이들에 비해 너무 작다는 사람도 있었지만 그게 문제는 아니었다. 이름과 나이, 눈을 감은 날짜는 달라도 그해 여름에 민간인 신분으로 희생당했다는 점에서, 그리고 10여 년 비바람을 맞으며 캄캄한 어둠 속을 헤맸다는 점에서는 모두가 한 사람이었다.

죽음뿐인 과거가 무슨 소용이

바닷바람 때문인지 부산 날씨는 생각보다 차가웠다. 한용범은 부산진역에서 내려 곧바로 온천장으로 가는 전차를 탔다. 차 속의 승객들도 그랬지만, 영하의 얼어붙은 날씨에도 삼삼오오 걸어가는 행인들은 활기차 보였다. 제야가 내일이었다. 1960년이 가고 새해가 온다. 한 해를 보내고 신년을 맞는 어수선함과 들뜸이야 해마다 되풀이되는 것이지만 올해는 다른 감격이 있었다. 자유당 독재정권이 무너진 것이다. 피 흘려 얻은 자유가 모든 사람들의 얼굴과 발걸음에 묻어나고 있었다. 한용범은 이런 소회가 부디 자기 혼자만의 것이 아니기를 빌었다. 지금 그는 대학동기들의 송년회 모임에 참석하기 위해 대진에서 오는 길이었다. 경남 지역에 사는 친구들끼리 부산과 마산, 진주를 돌아가며 일 년에 한 번씩 자리를 가지는데, 올해가 부산 차례였다.

유족회를 결성하고 합동묘를 만든 뒤 그는 다시 농사일로 돌아갔다. 진상규명과 학살자 고발 등 남은 문제가 있었지만 그것은 전국유족회를 결성해 천천히 해 나갈 일이었다.

그즈음 그는 배 농사에 열심이었다. 낙동강 하류의 들에서 일본인들이 시작한 배 농사는 점차 대진까지 산지가 확대되었다. 그러나 세월이 지나면서 땅심도 빠지고 나무도 오래되다 보니 알이 잘고 수확도 줄어들었다. 그는 마음이 맞는 몇몇 과수업자들과 일본 책을 구해 보고 진주 농과대학 교수의 자문까지 구하면서 품질 향상에 애를 쓰고 있었다.

하지만 여름에 치러진 민의원 선거를 시작으로 바쁘게 돌아가는 정치현실은 그를 농사나 짓게 내버려 두지 않았다. 전쟁 때의 그 엄청난 잘못은 잘못된 사람이 잘못된 자리에 앉아 있었기 때문이라는 여론이 거세지며 12월의 읍장선거에 자신의 이름이 오르내렸던 것이다. 그는 즉답을 피했다. 유족회에 얼굴을 내밀었던 걸 두고 출마권유를 받는 게 아닌가 하는 염려도 있었지만 전쟁 때 당한 경험이 그를 붙잡고 있었다. 현실상황은 생물처럼 살아 움직인다는 것, 어쩌면 그가 지금껏 살아오면서 유일하게 터득한 지혜는 그 말 하나뿐일 수도 있었다. 그때는 백번 옳다고 여겨서 행한 일도 상황이 바뀌면 과오가 될 수 있었다. 해방 뒤 건준 참여와 배정식 사건에 뛰어든 것, 그리고 초대 국회의원 선거 때의 발언과 어느 한쪽에 대한 지지 거부가 그의 삶을 헝클어 버리지 않았던가.

특히 민 원장을 생각한다면 농사를 지으며 자식 키우고 필부로 살아야 할 것이었다. 결과적으로 보면 민 원장 개인의 인생관이나 삶의 방식은 시골 의사로 존경받고 지내는 것까지만 허용되거나 가능한 것이었다. 그는 단 한 번 표명한 정치적 신념으로 인해서 목숨을 잃었다. 그가 표명한 의사는 그 자신을 옥죄이던 부친의 친일 행적과 연관되는 것이기에 가치 있는 행위일 수 있었음에도 결과는 정반대였다. 더구나 그의 죽음은 그 자신으로 끝나지 않고 며느리 양숙희에게까지 전혀 다른 어려움을 주지 않았던가. 한용범은 이미 대진을 떠난 숙희 생각을 하면 마음이 쓰리고 혼란스럽기만 했다.

옥구열이 집으로 찾아온 것은 박대호가 보자고 해서 같이 저녁을 먹은 다음 날이었다. 옥구열의 첫마디는 "선생님, 출마하십시오."였다.

대진 일이 끝난 뒤 그는 부산으로 이사를 하고 경남유족회와 전국유족회 일에 열심이었다.

"향우회 사람들 만났는데 읍장 후보에 선생님이 거론된다는 말을 듣고 마산 오는 김에 들렀습니다."

옥구열은 단도직입적이었다.

"세상 이치가 바로 섰는가를 따지는 데에는 어떤 자리에 앉을 만한 사람이 앉았는가를 물어보는 것도 들어가지 않겠습니까. 그리고 지금은 나설 사람이 나서야 사회도 빨리 안정됩니다."

내각제로 헌법을 바꾸어 8월에 제2공화국이 출범했지만 정국은 혼란스러웠다. 그동안 억눌렸던 각계각층의 목소리가 높낮이의 구분도 없이, 먼저 하고 뒤에 해야 할 순서를 찾지도 못한 채 쏟아지고 있었다. 옥구열의 말은 어제 저녁에 박대호가 했던 말과 근본적으로 다르지 않았다. 박대호는 망설이는 한용범의 마음을 꿰뚫어 보고는 이렇게 말했다.

"자넨 세상에 이름 얹고 얼굴 내미는 기 시절 따라 얼마나 무서운 일이라는 걸 겪어 본 사람이지. 그런데 내 하나 물어보자. 무서운 시절이 다시 돌아오지 않게 하기 위해서는 어째야 하노? 대답은 안 해도 된다. 이 말만 하고 나도 선거 얘긴 안 할 테니까. 자넨 지금 총 맞고 살아난 자네 자신이나 죽은 동생 때문에 사람들 입에 오르는 기 부담되제? 그러나 그것도 엄연한 현실이라면 어쩔 거고?"

결국 한용범은 단독 출마자가 되고 말았다.

동래 온천장 전차 종점에서 내려 찾아갈 요릿집의 방향을 찾고 있는데 누군가가 그의 어깨를 쳤다.

"읍장님, 지금 오나!"

같은 모임에 가는 부산 친구였다.

"아직 늦지는 않았지?"

"늦어도 자네가 도착해야 시작할 거 아니가."

해마다 송년회는 있었지만 전쟁 뒤로 한용범은 자주 얼굴을 내밀지 않았다. 혹시나 자신 때문에 친구들이 피해를 입을지 모른다는 우려 때문이었다. 그러나 올해는 당선 축하자리를 같이 하겠다는 데에야 마다할 수가 없었다. 친구는 온천여관이 늘어선 길을 지나 공원 입구 쪽의 커다란 일본식 저택 대문 앞에 섰다.

"음식도 좋고 분위기도 괜찮더라."

넓은 다다미방에 들어서자 먼저 온 친구들이 일어나 그를 반겼다.

"어서 오게! 다음엔 민의원이다!"

"그렇지, 그래!"

정말 한용범이 주빈이라도 되는 듯, 자리에 앉자 음식이 날라져 오고 아가씨들도 사이사이에 끼어 앉았다.

"선거 돈이야 다마 만드는 천 사장 니가 알아서 할 거제?"

총무를 맡은 친구가 앞자리의 친구에게 말했다.

"이 친구, 작년 사라호 태풍으로 완전히 올라섰다 아이가. 집집마다 전깃줄 안 끊어지고 다마 안 터진 집이 있나!"

"시방 무슨 소리 하노, 진짜 사라호 재미 본 놈들은 건축업자들인데."

천 사장이 손사래를 쳤다. 관계나 교육계로 나간 몇을 빼고 친구들은 대부분 사업을 하고 있었다.

"난 이 자리로 족해. 그것도 이번 딱 한 번이야, 처음이니까."

한용범의 말은 자리를 조용하게 만들었다. 한참 뒤 부산대학교에 나가는 친구가 입을 열었다.

"자네가 읍장이 돼야 하는 이유를 우리는 안다. 니 고통을 그동안 살피지 못해 미안하다."

“그럼, 우리 교수 말이 맞다.”

다른 친구들이 위로의 말을 전했다.

“무슨 소리, 다 어려웠던 시절이었는데.”

한용범은 자기 이야기가 오랜만의 만남을 방해할까 걱정이었다.

“그래, 됐다. 그 얘긴 그쯤 하고 오늘은 밤새워 한번 마셔 보자, 야 이 가시나들아, 빵빠레 삼아 우리 읍장님 당선 축하 박수부터 짝짝 치고 술 부아라!”

화제는 학창시절부터 어제 개표가 끝난 도지사 당선자에 대한 인물평까지 널을 뛰었다.

술잔이 재빠르게 몇 번 돌고 장고소리와 타령까지 나온 뒤 부산서 사업을 하는 친구가 손뼉을 쳐서 좌중을 주목시켰다.

“마담은 와 아직까지도 얼굴을 안 내미노!”

문에서 가까이 앉은 계집 하나가 쪼르르 마루로 나간 뒤에도 한참 있다 한복을 품위 있게 차려 입은 여자가 들어왔다.

“야, 오늘은 더 예뻐 보이네! 인사해, 인사! 새 손님도 있고!”

마담은 다소곳이 반절을 했다. 그때까지 여자는 머리를 약간 숙이고 있었다. 인사를 마치고 고개를 들 때 한용범은 누구지? 하고 눈을 크게 떴다.

“정 마담, 저기 저 친구에게는 따로 인사 드려라! 읍장님이시다!”

한용범에게 눈길을 천천히 돌리던 마담의 얼굴이 친구의 마지막 말에 약간 흔들린다 싶더니 그와 얼굴을 마주하고는 재빨리 고개를 숙였다.

"잘 부탁드립니다."

숙희! 한용범은 가슴이 철썩 내려앉았다.

"그럽시다."

한용범은 비명이라도 지르듯 목소리를 높였다.

잠시 뒤 양숙희가 급한 자리가 있다면서 나간 뒤 한용범은 친구들에게 빠르게 술잔을 돌리고는 틈을 내어 밖으로 나왔다. 찬바람 부는 정원을 거니는 동안 그는 오늘 숙희를 만나지 않으면 다시는 보지 못하리라는 예감에 사로잡혔다.

그녀는 휴전이 된 다음 해에 대진을 떠났다. 집을 어떻게 처리했는지 소리소문도 없이 사라져 버린 것이다. 김기환이 그녀 집을 자주 드나드는 걸 두고 사람들이 쑥덕대기는 했지만 첩 소리까지 나온 것은 양숙희가 대진을 뜨고 난 뒤였다. 마산에서 살림을 차렸다느니 두 사람을 부산에서 보았다느니 하는 소리도 있었지만 모두가 뜬소문이었다. 그녀가 대진 바닥에서 낯 들고 살기 어려워졌다는 것만이 유일한 사실이 되어 버렸다. 부산형무소에서 풀려난 뒤 한용범은 자기 때문에 양숙희가 고생했다는 걸 알고 처와 같이 찾기도 하고, 아내 혼자 말벗이 되기 위해 들락거리기도 했지만 그녀는 마음을 열지 않았다. 부담스런 눈치까지 보이더라는 아내의 말을 듣고는 더 이상 발걸음을 자주 할 수가 없었던 차에 그녀가 떠난 것이었다.

지난 5월 유족회가 결성되던 날, 대진극장에서 한용범이 찾은 사람은 양숙희 단 하나였다. 자기가 앉은 앞자리로 찾아와 인사를 나눈 사람들 중에서 그는 "오빠!" 하고 부를 그녀를 애타게 기다렸다. 그렇게만 된다면 적어도 산 사람만이라도 전쟁 전의 제자리로 돌아갈 것 같은 마음이기도 했다. 하지만 신고자 명단 중에 양숙희의 이름이 없다는 걸 그는 이미 알고 있었다. 위령제를 지낼 때까지 그녀에게서는 어떤 연락도 없었다. 한용범은 추위도 잊은 채 지난 시간에 골몰하다 오늘 밤에 그녀를 놓치면 다시는 보지 못할 거라는 생각에 다시 사로잡혔다. 그는 마음을 다잡고 지배인을 찾았다. 전화를 받고는 급히 나갔다고 둘러대던 지배인을 어르고 달래 그는 내실을 찾았다. 여닫이문은 안으로 잠겨 있었다.

"숙희야, 나다."

한용범은 갑자기 목이 타는 듯해서 한참을 기다렸다 다시 입을 열었다.

"이 세상을 사는 동안 언젠가 한 번은 만나야 할 거 아니가. 그 때를 오늘로 하자."

안에서는 아무런 기척이 없었다.

"불편했던 마음은 서로를 알아본 아까 그 순간에 다 사라진 거다. 지금 만나지 않으면 마음만 더 아파진다. 그걸 알아야지."

방문이 열렸다. 문을 연 숙희는 고개를 내리깐 채 가만히 서 있었다.

"앉자."

그제야 양숙희가 방석을 내밀었다. 문갑 하나가 병풍과 마주 놓인 작은 방이었다. 숯이 잘 탄 화로 위의 검은 무쇠 주전자에서는 찻물이 끓고 있었다. 인삼과 당귀, 감초 향이 났다.

"축하해요, 오빠."

양숙희가 미소 띤 얼굴에 밝은 목소리로 말했다.

"그동안 받은 고통이 오죽했겠어요. 하지만 이제는 고생하신 거 다 잊으세요, 보상받아야 할 시간이에요."

"무슨 말을. 축하한다는 정도로 끝낼 일이지."

"다른 세월이 왔다는 뜻에서 한 말이에요."

"네 짐을 덜어 주지는 못하고 얹기만 해서 미안하다."

한용범은 숲말에서 양숙희를 부른 게 그녀의 인생을 흐트러뜨려 놓은 건 아닌지 하는 마음에 언제나 괴로웠다.

"그런 말씀 마세요."

"어쨌거나 참 오랜만이구나."

그는 벌써 했어야 할 소리를 그제야 꺼내고 있었다. 너무 오래고 갑작스런 만남이 감정을 혼란시키고 있었다.

"저도 많이 변했죠? 올케 언니들은 잘 지내시죠?"

찻물을 잔에 부으며 숙희가 말했다. 화장을 짙게 해서인지 그녀의 얼굴은 살이 조금 오른 듯했다.

"변하지 않은 게 있겠나, 전쟁까지 치르고 다들 힘들게 살았는데. 서울 작은형수님이 힘들다. 형님이 납북을 당하셨으니."

"네? 작은오빠가요?"

"그래, 그렇게 되었다."

한용범은 가만히 고개를 끄덕이고는 차를 한 모금 마셨다. 동생 시명이 이야기는 그녀가 꺼내지 않는 이상 할 필요도 없을 것이었다.

"전쟁을 치렀는데 고통 없는 집이 어디 있겠니. 오십보백보 차이일 뿐이지. 참, 넌 대진 소식을 잘 모르지? 유족회 만들고 유해 수습해서 합동묘를 마련했다."

그는 양숙희가 끼어들지 못할 이야기인 데다 부담스러워 할까 봐 말을 계속했다.

"떠돌던 원혼들이 쉴 자리를 마련한 정돈데 그나마 다행 아니냐. 물론 신원 확인은 할 수 없어도 유족들 모두 제 가족이 거기 누워 있다고 위안을 삼을 수는 있으니까. 원장님도 거기 계실 거라고 생각하고 너도 짐을 덜어라."

고개를 숙인 채 그의 말을 듣고 있던 양숙희가 입을 열었다.

"정말 힘든 일을 하셨네요."

목소리는 의외로 덤덤하고 건조했다. 그녀는 한용범을 외면하듯 벽을 바라보고 가만히 있었다. 그도 얼른 다른 화제를 찾지 못해, 방에는 침묵이 흘렀다. 화롯불은 여전히 잘 타고 있었지만 방 공기는 차가웠다. 한용범은 출옥 후 대진에서 그녀를 찾았을 때 느꼈던 분위기가 되살아나 괴로웠다. 민 원장 이야길 하지 말았어야 했나. 지금이라도 무슨 얘길 해야 하나. 어떻게 살아왔느냐고, 아니, 그런 이야기가 아니라 장사는 잘 되는지나 묻고 일어설까. 한용범은 순간적으로 몰려드는 절망감을 떨치려고 머리를 흔들었다.

"저로선 사실, 대진 이야길 듣는 게 힘들어요."

양숙희의 건조한 목소리가 들려왔다.

"제가 떳떳하지 못한 유족이라는 것은, 지금 당장 오빠가 제게 뭐라고 말한다 해도, 제 자신이 잘 알고 있는 사실이에요. 그래서 저로서는 대진 이야기 듣는 게 힘들어요. 그쪽으로는 귀도 닫고 입도 닫고 살려고 이를 악물었어요. 그건 앞으로도 마찬가지일 거예요."

"지금 무슨 소리를 하니?"

한용범이 소리쳤다. 그는 양숙희의 입에서 나올 다음 말들이 무서웠다.

"무얼 얼마나 잘못했다고 그런 소리를 함부로 하는 거냐? 왜 우리들 곁에서 자꾸 멀어지려고 하는데? 왜?"

양숙희는 그를 외면한 채 똑같은 목소리를 지키며 말을 이었다.

"아버지가 떠나시고, 재준이 아빠가 그렇게 가고, 시아버지까지 재준이를 번쩍 한 번 안아 주시고 병원 문을 나섰을 때 그렇게 되게 정해져 있었는지도 모르죠. 오빠도 아시겠지만 저는 죽은 사람들에 둘러싸여 살았어요. 친정 아버지와 오빠, 어머니, 남편과 시아버지. 그들 중 제가 임종을 한 이는 오직 친정어머니한 분뿐이었어요. 어떤 죽음이었든 그들은 모두 제 곁에서 떠났어요. 그런데도 죽은 사람들에게, 과거에 저는 칭칭 묶여 있어요. 죽음뿐인 과거가, 무덤 같은 과거가 저는 무섭고 싫어요. 도대체 그런 과거가 제게 무슨 소용이 있겠어요. 전쟁 나던 그해 여름, 제가 좀 더 강하게 견뎌 냈다면 혼자 몸으로 떳떳하게 살 수는 있었겠죠. 그건 알아요, 입장이 떳떳하다면 뭐가 달라도 다르다는 걸. 그렇지만 그 다르다는 것도 결국엔 죽은 사람들에게 붙잡혀 있는 과거, 거기서 벗어날 수 없다는 점에서는 마찬가지일 거예요. 그래서 전 사일구를 축복하지 못해요. 죽음밖에 남은 게 없는 역사가 제게 무슨 힘이 되고 소용이 되겠어요."

그녀는 듣고 있는 상대방이 아니라 자기 감정에 쫓겨 말이 중단되는 게 두렵기라도 하듯 거침없이 이어 갔다.

"하지만 오빠, 인생이든 역사든 희생과 고통 없이 얻을 수 있는 건 아무것도 없다는 걸 제가 왜 모르겠어요. 그리고 사일구가 새로운 역사의 시작이라는 걸 또 왜 모르겠어요. 제 입장에 따라 고집을 부리는 거지만 그래도 전 그럴 수밖에 없어요. 전 죽음뿐인 과거에 매여 살기 싫어요. 지금 저로서는 재준이를 데리고 제 나름대로 열심히 살아가는 것, 그밖에는 아무것도 중요하지 않아요. 그러니까 오빠, 제발 저를 과거로 끌고 가지 말아 주세요. 그리고, 제 지난 형편도 아셔야죠. 부산 내려와 양품점을 하다 전쟁 때 혼자 된 여학교 친구와 얼마 전부터 이 일을 시작했어요. 혹시 걱정하실지 몰라서 드리는 말씀인데, 김기환 씨와는 오래

전에 정리를 했어요. 제 이야기만 할 수밖에 없는 저를, 이런 말밖에 하지 못하는 저를 제발 용서해 주세요. 그리고 만약에 저를 다시 만나더라도 제발 과거로는 이끌지 마세요. 그게 진정 저를 위해 주는 일이에요."

양숙희는 옷자락 스치는 소리도 내지 않고 일어났다. 엉겁결에 따라 일어선 한용범이 그녀의 어깨를 붙잡고 소리쳤다.

"숙희야 왜 이러니! 무슨 소리를 함부로 하고 있니! 왜 네 혼자 그 무거운 짐을 지려 하니……."

그러나 한용범의 말은 계속될 수 없었다. 양숙희가 가볍게 몸을 빼서 돌아섰던 것이다. 그녀는 천천히 방을 빠져나갔다. 그런 양숙희의 뒷모습을 보면서 한용범은 멍하니 서 있었다. 그는 완강하게 멀어져 가는 그녀의 뒷모습에서 양숙희가 이미 오래전부터 전혀 낯선 땅에 속해 있었음을 보아야 했다. 한용범은 제 머리를 쥐어뜯으며 텅 빈 방에 언제까지나 그렇게 서 있었다.

표적

1961-1968

다시 빛의 그림자

잠이 깬 한용범은 여느 아침과 다름없이 머리맡 자개 탁자 위에 놓인 라디오부터 켰다. 자리에 누운 채 라디오를 들으면서 뒤척이다 일어나는 게 버릇이 되어 있었다. 언제나처럼 삐삐거리는 잡음부터 들려왔다. 유일하게 들을 수 있는 방송은 마산방송 하나였는데 송신시설이 좋지 않아 소리가 제대로 나오기까지는 잠깐이나마 시간이 걸렸다. 아내는 아침저녁으로 라디오 곁을 떠나지 않는 그를 두고 라디오를 끼고 산다고 놀리기도 했다. 술을 마시고 잔 다음 날도 라디오부터 먼저 켜고는 자리끼를 찾았으니 그런 소리를 들을 만도 했다. 신문보다도 소식이 빠르고, 음질이 썩 좋지는 않아도 즐기는 국악도 들을 수 있으니 가까이하는 것이었다.

라디오에서 남자 아나운서의 목소리가 흘러나오기 시작했다. 목소리가 아주 딱딱했다.

"절망과 기아선상에서 허덕이는 민생고를 시급히 해결하고 국가 자주경제 재건에 총력을 경주한다. 다섯째, 민주적 숙원인 국토통일을 위하여 공산주의와 대결할 수 있는 실력배양에 전력을 집중한다. 여섯째……."

한용범은 자리에서 일어나 황급히 라디오를 껐다. 이 시간에 늘 하던 정규방송이 아니었다. 지금 아나운서는 방송국이 크게 잘못되지 않고서는 할 수 없는 말을 내뱉고 있었다.

"와, 라디오가 잘못됐어예?"

아내도 일어나 앉았다. 한용범은 자신이 라디오를 껐다는 것을 그제야 새삼스레 깨달은 듯 네모난 일제 라디오를 낯설게 바라보았다. 채널은 늘 고정된 데 맞추어져 있었다.

정변이 일어난 것이다! 그는 멍한 상태로 앉아 있었다.

"다시 켜보지예."

아내가 라디오 쪽으로 다가갔다.

"친애하는 애국동포 여러분! 은인자중하던 군부는 드디어 금일 미명을 기해 일제히 행동을 개시하여 국가의 행정, 입법, 사법의 삼권을 완전히 장악하고 이어 군사혁명위원회를 조직하였습니다…… 첫째, 반공을 국시의 제일로 삼고……."

아내도 처음 듣는 말들에 놀랐는지 자신이 다시 켠 라디오를 서둘러 껐다. 놀란 눈으로 자기를 바라보는 아내에게 그는 천천히 말했다.

"정변이 났어, 군사 쿠데타가 일어난 거야."

그는 생각을 정리했다. 아내는 여전히 겁에 질린 눈으로 자기를 보고 있었다.

"너무 걱정 마요. 읍장을 그만두게 되겠지."

그는 라디오를 다시 켰다. 어차피 사태는 파악하고 있어야 했다. 얼마 뒤 아나운서가 똑같은 내용을 되풀이해서 읽고 있다는 사실을 알았을 때 '피 흘린 놈 따로, 자리 차고 앉은 놈 따로'라는 말이 머리를 쳤다.

지난 4월, 군청에서 열린 관내 읍면장 회의를 마치고 회식자리를 가졌었다. 자리가 길어지면서 술잔이 자주 오가고 분위기가 다소 질탕해졌다. 한용범이 화장실에 갔다 오는데 다른 자리의 손님 셋이 식사를 하고 나가면서 기관장들의 회식을 두고 한마디씩 했다.

"민선 군수님 이하 읍면장님들 진하게 한잔 하시는가베."

"민주주의가 밥 먹여 주나, 살기는 더 어려운데."

"피는 누가 흘렸는데 자리는 엉뚱한 놈들이 차지하고 앉았으이 나라가 이리 엉망이지."

성급할 수밖에 없는 국민들의 기대에 제대로 부응하지 못하는 장면 정권에 대한 비판은 그렇다 쳐도, 맨 뒷사람의 독설은 현 정권의 태생적 본질을 지적하고 있기도 했다. 4·19는 모두가 인정하듯이 젊은이들의 희생으로 이룩된 것이었다. 학생이든 공장에 나가든 구두를 닦든 그런 것에 상관없이 그들은 모두가 젊은 세대였다. 그런데 막상 그 열매는 기성세대가 따먹고 있었다. 만년 야당이었던 민주당 사람들은 말할 나위 없지만, 무소속으로 출마한 한용범도 기성세대라는 점에서는 식당 손님이 던진 말에서 자유로울 수가 없었다.

그런 점이 4·19의 그늘이면서 모순이었다. 그런데 그걸 새기고 극복할 시간적 여유도 없이 이렇게 쿠데타가 일어나 버린 것이다. 한용범의 마음은 어지러웠다.

한용범은 자신의 추측대로 쿠데타 발생 당일 발표된 포고령 4호에 따라 읍장직에서 물러났다. 장면 정권 인수, 각급 의회 해산, 정치활동 금지조처에 따라 자동적으로 읍장직에서 물러나게 된 것이다. 그는 어수선한 마음을 달래기 위해 과수원에 마련된 농막으로 거처를 옮겼다. 그의 마음을 사로잡고 있는 것은 유족회 하나였다. '혁명군'이 전국유족회를 어떤 단체로 볼 것인지, 또 지방유족회 자문역을 어떤 역할로 볼 것인지가 문제였다. 유족회가 사회단체활동 금지조항에 의해 해산되는 선에서, 그리고 자문역을 글자 그대로 읽어주는 게 그가 기대할 수 있는 최선이었다.

관용차가 틀림없는 까만 지프가 흙먼지를 일으키며 농막 쪽으로 다가오고 있었다. 길은 과수원 입구에서 끝나고 뒤는 산이니, 지프는 분명 그를 찾아온 것이었다. 엔진 소리가 가까이 들린다 싶었을 때부터 그는 일손을 놓고 지켜보고 있었다. 아내가 어느새 그의 곁에 서 있었다. 그는 흙이 묻은 목장갑을 낀 채로 어깨까지 떨고 있는 아내의 손을 꼭 붙잡았다.

“여보, 큰맘 먹읍시다.”

아내의 손이 다시 파들파들 떨려 왔다. 그는 아내의 손을 힘껏 붙잡았다.

“시간이 얼마나 걸릴지 모르겠지만, 애들 잘 돌보고.”

그는 농막 앞의 마당으로 걸어갔다. 차에서 내려 선 두 사람이 조금 절뚝이며 걸어오는 그를 지켜보았다. 모두 사복 차림이었다.

“읍장님, 피신하신 건 아니지요?”

“시간 나면 늘 여기 오지 않습니까.”

먼저 말을 건 쪽은 안면이 있는 본서 형사였다. 그러나 한용범은 구경 나온 사람처럼 농장 일대를 둘러보고 있는 쪽에 신경이 더 쓰였다. 짧게 깎은 머리로 보아 군인이 틀림없었다.

“좋은 위치에 터도 너른데 농사일이나 하지 뭐하러 나서서 유족회 만들고 읍장도 되고 그래요.”

그 사람이 한용범에게 시선을 돌리며 말했다.

“자문이 나설 일이 어디 있었겠습니까.”

한용범은 그 점만은 앞으로 자신에게 분명히 해 두리라고 다짐했다.

“군과 경찰을 비난하는 유족회가 빨갱이들 이롭게 하는 단체가 아니면 뭐요? 또 자문이란 직함이 뭐요? 뒤에서 조종하는 게 자문이지. 타소!”

무언가 잘못되고 있었다. 유족회는 일반 사회단체가 아니라 빨갱이를 이롭게 하는 단체다! 앞으로의 조사과정에서 자기가 내몰릴 혐의가 군인의 말 속에 고스란히 들어 있는 듯했다. 그 사람은 한용범이 유족회를 뒤에서 조종했다는 말까지 하고 있었다. 한용범은 전쟁이 났던 여름을 다시 기억했다. 그때처럼 군은 경찰이 전해 주는 정보를 따른다. 읍장이 되었다 한들, 술자리도 한 번씩 하면서 경찰 쪽 사람들과 가깝게 지낸다 해도 그들이 상대를 보는 시각은 보관된 사찰 기록에 근거하는 것이다. 한용범은 비탈진 흙길에 흔들리는 지프처럼 마음이 어지러웠다.

경찰서에 도착한 한용범은 간단한 인적사항 확인 뒤 바로 유치장에 입감되었다. 군인은 지켜보기만 할 뿐 따로 조사는 하지 않았다.

"유족회 만든 핵심은 셋인데 한꺼번에 못 모여 안됐소. 옥구열이하고 안치홍이는 관할 서에서 잡았겠지. 나중에 어디 한 군데서 만나 볼 거요."

유치장에 입감되기 전에 형사가 말했다.

"혁명이 났는데 어중간하게 끝나겠소? 혁명 공약을 봐서 알겠지만 반공이 국시란 말요, 반공이! 장면 정권이 그래도 큰일 하나는 했어. 그동안 고개 처박고 있던 불순분자 놈들, 사일구 뒤에 지 세상 만난 듯 대가리 다 치켜들었으이 우리로서야 고맙지."

형사는 한용범이 유치 담당 순경에게 인계될 때까지 계속해서 이죽거렸다.

경찰서 유치장에서 지내는 동안 한용범이 기억하는 것은 얼마

되지 않았다. 별다른 조사도 없이 그냥 날짜만 지나갔던 것이다. 한용범은 전쟁 때 특무대 지하실이나, 칼잠조차 제대로 잘 수 없었던 그 찜통 같은 부산형무소에서 들었던 소리를 떠올려 보았다. 그러나 어느 날짜를 기준으로 잡히는 것이 생사를 가르는지, 빨리 이름이 불려 재판에 넘어가는 것이 유리한지 불리한지 하는 걸 따져 보는 것도 소용이 없었다. 쿠데타에 의한 비상계엄령하의 사전 구금은 그로서도 처음 당하는 일이었기 때문이다.

옥구열은 쿠데타 소식을 부산에서 들었다. 대금유족회 일이 마무리된 뒤 부산으로 이사를 했던 것이다. 그는 운수업으로 큰 재미를 보지 못했다. 차가 낡아 고장이 잦은 데다 무엇보다 규모가 큰 회사와 운임 면에서 경쟁이 힘들었다. 그는 사업을 정리하고 부산으로 내려와 목욕탕을 인수하고 또 다른 사업 구상을 하고 있던 참이었다.

5월 16일 밤, 옥구열은 평소 알고 지내던 동래지역유족회 사람 둘과 광복동 입구의 술집에서 만났다. 모두들 하루 종일 라디오에 귀를 박고 있다 쿠데타가 성공했다는 결론을 내린 뒤였다. 잡음이 나긴 해도 듣는 데는 지장이 없는 일본 방송 뉴스에서도 그런 내용을 전하고 있었다.

유족회에도 여러 변화가 있었다. 각지의 지역유족회는 도 단위 유족회를 조직하고 그걸 축으로 해서 전국유족회를 결성했다. 전국유족회라 해도 실상은 경남과 경북유족회가 전부였다.

4·19뒤 국회는 '양민학살조사특별위원회'를 구성하고 아주 짧은 시일 동안 매우 불충분하게 피해신고를 접수하고 조사를 벌였는데, 그때 경상남북도 외에 전라남북도와 제주 지역의 피해상황도 접수되었지만 양 지역은 유족회 결성까지는 가지 못했다.

지리적으로 보련 가입자와 좌익 연루자들에 대한 학살은 전황과 맞물려 있었다. 학살은 전세가 다급했던 서울과 경기, 강원 일부지역을 제외한 전국에서 자행되었지만, 급속한 후퇴로 해서 시간적 여유가 없었던 지역보다는 낙동강 전선 이남의 경상남북도에서 광범위하고 조직적으로 이루어졌다. 또한 각 지역에서의 처형은 물론 대전과 진주, 대구, 부산형무소에서도 대규모 처형이 있었다.

지역유족회에 따라 학살자 고발이 이루어진 곳도 있었지만 본격적인 진상조사 요구와 학살자 처벌 요구는 도 단위 유족회와 전국유족회가 결성되면서 이루어졌다. 이러한 유족회의 움직임은 일부 지역에서 군과 경찰을 가해자로 몰아, 명예를 훼손시켰다고 생각한 군경 유가족과 마찰을 빚기도 했다. 뿐만 아니라 북한군에 의해 학살된 민간인 유족들의 시선도 있었다. 피학살자들의 명예회복을 포함한 유족회의 요구사항은 단기간에 해결될 성질의 것은 아니었다. 시간을 두고 국민적 합의를 이끌어 내고 법의 뒷받침도 따라야 했다. 그런데 모든 걸 뒤엎는 쿠데타가 일어나 버린 것이다.

세 사람은 정종을 잔으로 판다고 해서 잔술집이나 대폿집으로 불리기도 하는 술집에 앉아 도라지 위스키를 시켰다. 미지근한 청주보다는 머리와 속이 단숨에 타오르는 위스키가 나을 것이었다. 주정에 일본에서 들여온 위스키 향을 섞었을 뿐이지만 양주를 마신다는 기분 때문에 주당들에게 인기였다. 한 병을 다 비울 때까지 세 사람 모두 말이 없었다. 유족회 일이 끝난 건 명백했다. 그러나 누구도 10년의 염원이 겨우 1년 만에 무너졌다는 안타까움과 절망을 선불리 토하지는 않았다.

한 병을 더 주문하고서야 누군가가 입을 열었다.

"여기, 군수기지 사령관……."

"그 사람, 숙군(肅軍) 때 살아남았잖아."

"그가 주동이지?"

목소리는 땅바닥에 깔리듯 낮았다.

"장은 간판이고."

박정희 소장과 장도영 육군참모총장 이야기였다.

"그 사람이 주동이라면 자기 전력 때문에라도 세게 나올 낀데……."

"국민은 물론이고 미국 정부에 보여 줄 확실한 증거가 필요할 거니까……."

한마디씩 나눈 뒤 다시 침묵에 빠졌다. 서로 술잔만 비우다 자리를 털고 일어날 때 한 사람이 말했다.

"위스키 두 병 마시도록 나눈 이야기가 없었으이 우린 만난 적도 없는 기다."

앞으로 자신들에게 닥쳐 올 일을 미리 예견하고 있기에 할 수 있는 말이었다.

바로 다음 날인 17일에 군사혁명위원회에서는 육군 방첩대에 경찰의 협조를 얻어 그들이 입수하고 있는 리스트에 근거하여 용공분자들을 색출하라는 지시를 내렸다. 그 명령에 따라 위험인물 예비검속계획이 입안되고, 18일부터 전국 경찰과 헌병대의 협조하에 정당 및 사회단체 대표와 그 간부들에 대한 검속이 시작됐다. 쿠데타의 성공 여부는 몇만 명의 희생을 내면서 대한민국을 지킨 미국의 승인 여부에 달려 있다고도 볼 수 있었다. 그렇다면 혁명 주체세력으로서는 확고한 반공의지를 미국정부에 전달하는 비상 조치가 시급했을 것이고, 그 지름길은 용공으로 의심되는 세력, 혁신정당과 사회단체들을 묶어 처벌하는 것이었다. 그 처벌 대상에 보련 관련 피학살자 유족회도 포함되었다. 10년 전 피붙이들이 전쟁의 희생양이었다면 이제는 그 가족들이 쿠데타 성공을 위한 희생양이 되어야 했다.

옥구열은 다음 날 아침 일찍 집을 나서 그 길로 몸을 피했다. 그가 몸을 피한 것은 전국유족회 일을 하고 있다는 부담감 때문이었다. 어디에 한 번 발을 디디면 그 길로 계속 걸어가야만 하는 게 세상 이치인지, 옥구열은 경상남도유족회와 전국유족회 일에서 몸을 뺄 수가 없었다. 그가 도피를 택한 것은 구금에 대한 당장의 두려움과 더불어 맞바람은 우선 피하고 보자는 심리도 있었다.

그는 급하게 중고 리어카를 구입해 충무동 새벽시장에서 채소를 받아 파는 행상으로 피해 다니다 보름 만에 체포되었다. 그는 중부서 유치장에 갇힌 채 대금유족회는 물론 경남유족회, 그리고 전국유족회의 결성 경위와 자신이 맡은 역할에 대한 조사를 받았다. 뺄 것도 더할 것도 없기에 그는 사실대로 진술했고 일차 조사는 그 정도 선에서 끝났다. 형사들은 그가 피해 다니는 동안 집 다락에 숨겨 놓았던 대금유족회 회원명부와 유골 발굴일지 및 명람, 발굴 사진 등을 증거물로 확보하고 있었다.

그는 얼마 뒤 동래경찰서로 이송되었다. 부산에서는 유일하게 동래지역유족회만 결성되어 있었기에 그쪽으로 옮겨진 것인데 쿠데타 당일 밤에 술잔을 같이 나눈 이들도 경남유족회와 전국유족회에서 만난 동래유족회 회장단이었다.

별다른 조사도 없이 동래경찰서에서 한동안 머물다 서울로 압송된 것은 6월 말이었다. 새벽 기차를 타기 위해 부산역에 도착했을 때 뜻밖에도 아내가 나와 있었다. 가로등이 뿌연 바다 안개를 간신히 밀어내고 열차가 김을 뿜어 대는 플랫폼 제일 끝 한구석에 아내는 그림자같이 서 있었다. 수갑을 풀어 준 뒤 헌병들이 잠시 떨어져 외면하고 있는 동안 그는 말없이 손수건으로 눈물을 훔치기만 하는 아내의 손을 잡았다. 1년 전 5월, 마산 집에서 선걸음으로 유족회를 만들기 위해 대진에 내려간다고 했을 때 굳은 표정으로 아직은 세상이 어찌 될지 모르는데, 라고 말하던 아내의 모습이 떠올라 가슴이 미어져 왔다. 경찰서 유치장에서 초조한 시간을 보낼 때 머릿속을 맴돌던 오만 가지 생각들, 후회와 앞날에 대한 걱정은 아내의 손을 잡는 순간 한갓 추상에 지나지 않았다. 오직 명백한 현실은 임신한 아내의 파리한 얼굴이었다.

"미안하요."

그는 공포와 근심으로 창백한 아내의 얼굴을 지우려는 듯, 쥐고 있는 손에 더욱 힘을 주었다.

"애들은 잘 지내니 걱정 말고, 당신 몸 조심하이소."

"몸은 괜찮소?"

아내는 뱃속의 아이도 자기도 건강하다고, 말 대신 고개만 끄덕였다. 두 사람은 잠시 해무와 기차가 내뿜는 증기, 발차 전의 수런거림에 감싸여 멍하니 서 있었다. 손에 푸른 신호기를 든 역무원이 수사관에게 다가갔다. 옥구열은 다시 한 번 아내의 손을 꼭 잡았다 놓았다. 그 놓은 손이 긴 이별의 시작인 줄은 까마득히 모른 채 그는 아내에게 등을 보이고 돌아섰다.

헌병 백차를 선두로 두 대의 군용트럭이 대진읍에 모습을 보인 것은 6월 말, 어느 무더운 날 오전이었다.

차량은 부산 가는 방향으로 가다 여곡마을 어귀에서 멈추었다. 군인들은 위치를 미리 알고 온 듯, 국도변 산기슭의 밭 가운데에 자리한 커다란 봉분으로 줄지어 걸어갔다.

"왕릉만큼 크게 만들어 놓았군!"

무성하게 자라나는 여름 풀을 헤치고 봉분 앞에 선 헌병 중위가 말했다. 헌병과 공병 하사관들이 그의 앞에 섰다. 해가 점차 뜨거워지고 있었다.

"라이방 없나? 있으면 꺼내 써."

중위는 햇볕에 눈을 찡그리며 이마에 땀이 솟고 있는 부하들에게 말했다. 헌병 중사만이 윗호주머니에서 색안경을 꺼내 썼다.

"그래도 이 정도 가지고 굴삭기 소리 한 건 심했잖아."

중위가 하사관들을 둘러보며 말했다. 어제 헌병대와 공병대는 경찰서의 전화협조를 받아 봉분의 규모와 동원할 장비를 두고 회의를 가졌다. 경북 대구지역의 합동봉분 처리에 굴삭기는 물론 땅을 고르고 다지는 불도저까지 동원된 게 무엇보다 화제였다.

"자 그럼, 안 중사는 우리 애들 적당히 경계 세우고 작업 시작하지. 두 시간쯤이면 되겠지요?"

중위가 나이 든 공병대 상사를 돌아보며 말했다.

"얼른 해치우지요!"

상사가 대답하면서 부하들을 불러 모았다. 헌병 중위가 흙먼지가 날아들지 않을 만큼 떨어진 나무 그늘을 찾아 무덤가에서 떠나고 곡괭이와 삽을 든 병들이 이중으로 봉분을 둘러쌌다.

"사회 있을 때 이장 하는 거 봤제? 그런 작업이다. 이게 합동무덤이라 좀 크다. 밑으로 파 들어갈 때는 조금 넓게 파라. 그리고 유골이 나오면 중단하고 나를 불러라. 작업 개시!"

"작업 개시!"

복창과 동시에 곡괭이와 삽을 든 이십여 명의 병들이 일제히 봉분을 향해 달려들었다. 그들은 봉분을 곡괭이로 파내고 삽으로 떠 나갔다. 봉분을 덮었던 떼잔디는 흙 속에 묻히고 이내 황토가 드러났다. 뜨거운 여름날 오전에 벌이는 군인들의 작업은 신속하게 그리고 무미건조하게 진행되었다. 휴식 시간도 없이, 병사들은 흙먼지를 덮어쓰고 땀을 뻘뻘 흘리면서 계속 봉분을 파헤쳐 갔다. 얼마 뒤 봉분이 허물어져 그냥 평토가 되자 이제 밑으로 파 내려가기 시작했다. 속도도 처음과 별 차이가 없었다. 조금 있다 누군가의 곡괭이에서 흙에 부딪칠 때 나는 소리와는 다른 음향이 울려왔다.

"우와, 해골바가지다!"

작업 현장에서 조금 떨어진 소나무 그늘에서 담배를 피우고 있던 상사가 파헤쳐진 봉분으로 천천히 걸어왔다. 뒤를 이어 헌병 중위도 다가왔다.

"이 자식들아, 파는 기 무덤인데 해골이 나오지 뭐가 나오노? 계집애들처럼 소리는 왜 깩깩 질러 대!"

공병대 상사가 일갈했다.

파헤쳐 놓은 정사각형 모양의 넓은 구덩이 속에서, 부식되고 허물어진 나무상자와 함께 유골들이 모습을 내보였다.

아무도 찾지 않는 어두운 골짜기에 버려진 채 십 년을 기다리다 겨우 햇살 아래서 살과 뼈로 나뉘고 다시 얼굴과 몸으로 나뉘어 묻혀 있던 영령들은 일 년 만에, 이번에는 강제로 햇빛 아래 드러났다.

"마대와 가마니에 추려 담아! 본래부터 니꺼 내꺼 구분 없이 섞인 유골들이라니까 신경 쓸 거 없다."

중위가 숙였던 허리를 펴고는 고개를 돌려 침을 찍 뱉으며 말했다.

"유족회 자식들, 회기(會旗)도 흑색바탕에 백골을 그려 넣었다더니 해골바가지에 포원이 진 놈들이지!"

준비된 마대와 가마니가 구덩이로 던져졌고 병들은 호주머니에 찔러 두었던 목장갑과 마스크를 꺼냈다. 병들은 삽으로 흙을 파내면서 드러나는 유골들을 마대와 가마니에 담아 위로 올렸다.

"빨리 해치우고 떠나자. 작업 끝나면 탁배기 회식이 있다!"

상사가 땅 아래를 내려다보며 작업을 독려했다. 병들도 처음에는 뻥 뚫린 눈구멍이며 이빨이 듬성한 입 모양에 놀라서 손길이 조심스럽고 느렸지만, 얼마 뒤부터는 여느 작업처럼 무심하게 손을 움직였다. 채워진 마대와 가마니가 지상으로 올라와 쌓이기 시작했다. 그것을 보고 있던 중위가 공병대 상사를 불렀다. 상사가 다가오자 중위는 말했다.

"부피를 크게 할 것 있나. 삽으로 두들겨 부숴요! 가마니에 들어 보이지 않을 테니 애들도 겁 안 먹고 할 수 있을 거요."

돌아와서 공병대 상사는 부하들에게 그렇게 지시했다. 병들은 쌓인 가마니와 마대를 하나씩 들어내어 삽 뒷면으로 두들겨 대기 시작했다.

봉분 안에서 현장을 지휘하던 하사가 밖으로 나와 상사에게 갔다.

"더 나오지 않습니다."

상사는 그 말을 다시 중위에게 전했다. 중위는 그늘에서 걸어 나와 이제 구덩이가 되어 버린 그곳을 슬쩍 내려다보고는 비석 쪽으로 눈길을 돌렸다.

"십 분간 휴식한 뒤, 저거 두세 동강 내서 구덩이 안에 던지고 메워!"

중위가 지시했다.

휴식 뒤에 병들은 쑥색 화강암 비석을 밀어 넘어뜨렸다. 첫 번째 곡괭이 날이 비석 전면의 중간쯤을 내리쳤다. 연이어 다른 곡괭이들이 날아들면서 불꽃이 튀고 땅땅거리는 소리가 귀를 찢었다. 교대로 찍히는 곡괭이 날에 '민간인희생자'라는 글귀가 깨지고 '합동지묘'가 허옇게 파였다. 이윽고 비석은 두 동강이가 나고, 병들은 비석을 굴려 텅 빈 땅 밑으로 던졌다. 기다리고 있던 병들이 봉분을 허문 흙으로 텅빈 묘를 도로 메우기 시작했다. 땅이 편편해지자 군인들은 삽으로 흙덩이를 다지고 통일화를 신은 발로 다시 밟아 다졌다. 이제 그곳은 붉은 흙 색깔만 다소 두드러질 뿐 주위의 땅과 다를 바 없는 공지가 되었다.

군인들의 차는 헌병 백차, 유골을 담은 마대와 가마니를 실은 트럭, 군인들을 태운 트럭, 다시 백차 순서대로 국도로 내려갔다. 차량들이 대진읍을 통과할 때 읍은 나른하면서도 무거운 정적에 싸여 있었고, 아무도 군용 차량 쪽으로 눈길을 돌리지 않았다.

읍을 빠져나간 뒤 앞차부터 속도를 조금 높였고 한 삼십 분 뒤에는 국도에서 비포장길로 빠졌다. '군사작전지역'이라는 빨간 글씨 팻말이 세워진 소로를 따라 조금 올라가다 차를 세우자, 병사들이 뛰어내려 가마니와 마대를 내렸다.

"저쪽 능선으로 올라가서 벼랑 밑으로 흩어뿌려요! 가마니와 마대째로 던지면 절대 안 돼!"

여전히 선글라스를 쓰고 있는 중위가 공병대 상사에게 지시했다.

"알았습니다."

"야, 안 중사. 우리 애들 데리고 같이 올라가서 제대로 하는지 감독해. 그래야 확실하게 끝나지."

"네!"

헌병 중사가 윗주머니에 걸고 있던 선글라스를 다시 썼다. 공병대 사병들은 지쳐 있었지만, 너무 무섭고도 비밀스런 일을 하고 있다는 마음 때문인지 여전히 일사분란하게 움직였다.

"일 분대는 저기, 이삼 분대는 저쪽 떡시루같이 생긴 바위로 가서 뿌려!"

상사가 지시했다. 가마니와 마대의 끈이 풀리고 깨진 머리 유골들은 벼랑으로 던져졌다. 벼랑 아래는 햇빛이 너무 강해서 오히려 컴컴한 어둠이었다.

사상 테스트

늦가을은 모든 게 아쉽다. 서리가 내리는 빈 들과 빈 몸을 재촉하는 나무들. 그걸 지켜보는 사람들 심사도 뭔가 허전하고 아쉽기만 하다. 그러나 가을걷이를 마무리하고 겨울을 준비해야 하는 농부들은 하루해가 짧아 아쉽다. 점심을 먹고서 일이 제대로 손에 잡힌다 싶으면 이내 해거름이 내리고 사정없이 어두워져 버리는 것이다. 그날도 그랬다. 손은 바쁘고 해는 짧아지고 있었지만 그래도 한용범은 이번 가을이 좋았다. 땅심을 돋우고 정지 방법을 바꾸는 등 여러모로 애쓴 결과 올해는 배 수확도 늘고 당도도 높아졌기 때문이다. 단물과 같이 사각사각 씹히는 속살은 제 손으로 땀 흘려 가꾼 사람에게는 단순한 미각 이상의 경이로움이기도 했다. 요즘 그는 과수원 건너편의 야산 언덕을 개간해 배밭으로 만들고 있었다.

해가 떨어지자 한용범은 일꾼들과 집으로 내려왔다. 일꾼들은 대부분 집이 먼 사람들이라 먼지를 털고 손 씻는 흉내만 내고는 바쁘게들 돌아갔다. 구금에서 풀려난 뒤 한용범은 농막을 살림집으로 개축하고 거의 과수원에서 지내고 있었다. 아내와 저녁을 들고 그는 작은방에서 책을 펼쳤다. 개가 짖고 인기척이 들린 건 밤이 깊어서였다. 벽시계가 10시를 가리키고 있었다. 찾아올 사람은 없었다. 길을 잘못 들었을까. 그는 그냥 돌아가 주기를 바라며 기다렸다. 그러나 대문 앞에 선 사람은 인내심이 깊은지 아니면 서둘 게 없는지 소리 내어 주인을 부르지도 않았다.

"여보!"

아내가 방을 건너왔다. 이미 개 짖는 소리를 오래도록 듣고 있던 한용범은 그제야 무겁게 몸을 일으켰다. 5·16쿠데타 뒤의 유족회 조사과정에서 그의 몸은 다시 한 번 상했다. 낮에는 나무들을 매만지는 재미로 버티지만 밤만 되면 몸은 천근이나 되었다.

"올 사람도 없는데, 누구지?"

그는 아내를 한 번 바라보고는 마당으로 내려섰다. 그가 대문 앞에 섰을 때도 손님은 아무 말이 없었다.

"누구요?"

"부산서 심부름 왔습니다."

답은 그뿐이었다.

한용범은 완강한 침묵으로 버티고 선 손님에게 졌다는 듯이 나무 대문을 열었다. 사내 하나가 들어섰다. 자그마한 체구가 외투에 파묻혀 있었다. 시골의 늦가을 밤 추위를 겁내는 사람이었다. 사내가 아무 말도 않은 채 마당에 우두커니 서 있기만 했기에 한용범은 또 한 번 밀리듯이 그를 마루로 이끌었다.

"밤중에 갑작스레 찾아와 죄송합니다. 그리고 실례가 되겠지만, 아직 저녁을 들지 못했습니다."

사내는 외투를 벗었다. 길게 이야기할 게 있다는 뜻으로 보였다. 한용범은 잠시 망설이다 아내에게 상을 봐 오도록 하고는 말했다.

"그래, 무슨 일로 오신 누구십니까?"

코가 다소 우뚝할 뿐 사내는 특별히 눈에 띄는 인상은 아니었다. 말씨로 봐서 이 지방 사람도 아닌 듯했다.

"날씨가 찹네요."

사내가 방 쪽으로 눈길을 두며 말했지만 한용범은 무시했다. 방으로 들일 마음은 처음부터 없었다.

"어디서 시작해야 할지, 제가 하는 말을 믿어 주실지 그것도 자신이 없고…… 전 외항선 타는 전대식입니다만."

한용범이 가만히 상대방의 말을 기다리며 앉아 있기만 하자 사내가 마당을 내려다보며 "좋은 정원수들이 많습니다."라고 말을 돌렸다. 마루에 켜 둔 전깃불이 수종을 헤아릴 만큼 밝지는 않았다. 한용범은 대꾸하지 않았다.

아내가 상을 보아 왔다.

"고맙습니다, 사모님. 부산서 막차를 탔는데 이제 닿는군요."

상 쪽으로 다가앉던 사내는 한용범의 아내가 오기를 기다렸다는 양, 숟갈도 들기 전에 "사실은 중씨(仲氏) 소식을 가지고 왔습니다."라고 목소리를 낮추면서 말했다. 잊고 있던 작은형을 들먹이는 바람에 한용범은 깜짝 놀랐다. 한용범의 처는 자신의 놀라는 얼굴을 사내가 빤히 바라보는 걸 알고는 재빨리 방으로 들어가 버렸다. 전쟁 때도 그랬지만 5·16 뒤로 다시 굳어진 본능적인 버릇이었다. 남편이 만나는 사람을 같이 만나지도 말고 나누는 이야기를 듣지도 말 것.

한용범의 처가 사라져 버리자 사내는 혼자 남은 한용범의 눈치를 읽고 있었다.

"영문을 모르겠군요. 알지도 못하는 분께 그런 이야기를 듣다니……."

한용범은 놀라움을 최대한 억제하며 천천히 말했다.

"그 왜, 중씨께서 전쟁 때 피난 못 오고 북으로 갔잖습니까?"

사내가 또다시 말을 끊었다. 한용범이 반응을 보이지 않자 사내가 잠시 뒤 말하기 아깝다는 표정을 지으며 입을 열었다.

"북에 살아 계십니다."

한용범이 침묵하자 사내가 이어 말했다.

"거기서 활동을 많이 하신답니다. 주로 대남업무를……."

"그만!"

한용범이 소리쳤다. 그대로 놓아 두면 사내는 어디까지 이야기를 부려 놓을지 몰랐다.

"당신, 누구요?"

자리에서 일어나며 한용범은 사내를 쏘아보았다. 한용범은 이미 형을 죽은 목숨으로 치고 있었다. 설령 어디서 어떻게 살아 있다 하더라도 이런 식으로 면식도 없는 사람을 통해 듣고 싶지는 않았다. 그리고 부산 사는 큰형을 두고 시골 구석까지 찾아온 것도 수상했다.

"갑작스런 소식이니까, 이해합니다, 이해가 갑니다. 말씀 드린 대로 전 부산서 일본 가는 화물선 타는 선원인데 오사카 쪽 재일교포에게서 어렵게 부탁받았습니다. 이야기가 깁니다."

사내는 계속 늘어져 앉아 있을 기세였다.

"됐어요!"

한용범은 다시 소리쳤다.

"가시오! 당신 말에 나는 전혀 관심 없소. 당장 나가요!"

사내는 무안하고 당황스런 표정을 지으면서도 쉬 엉덩이를 들지 않았다.

"그러시겠지요, 백 번 이해합니다. 그러나 이야기를 조금만 더 들으면 오히려 내가 고마울 건데요. 조금만 더 얘길 들으면 안 되겠습니까? 일본서 만날 계획을 가지고 있던데."

사내는 끈질기게 달라붙었다.

"시끄러워요! 지금 당장 내 집에서 나가요!"

한용범은 신발을 신고 마당으로 내려섰다. 한용범이 대문 앞에 서서 기다릴 동안에야 사내는 겨우 구두를 꿰어차고 있었다.

"당신 형제를 어쨌든 도와주려고 어렵게 찾아왔는데 이럴 수 있습니까? 너무하네요, 정말. 그나저나 수고비라도 얼마 주셔야지."

두어 걸음을 떼어 놓다가 사내가 멈춰 서서 말했다.

"지금 당장 안 나가면 경찰에 신고하겠소!"

"경찰?"

사내의 목소리가 끈적해졌다.

"그런 데 알려서 피차 좋을 게 뭐 있다고 그런 말까지……."

사내는 미적거리며 느린 걸음으로 대문까지 나왔다. 그리고는 주머니를 뒤적였다.

"오늘은 흥분한 것 같은데 연락처를 줄 테니 마음 바뀌면 꼭 연락 주세요."

"나가요!"

한용범은 사내의 팔을 붙잡아 문 밖으로 밀어내고 대문을 닫았다. 닫히는 문틈으로 사내가 한용범의 얼굴을 똑바로 바라보았다. 한용범도 지지 않고 사내의 눈길을 밀어내듯 쏘아보면서 문을 걸었다.

사내를 돌려보낸 뒤 한용범은 마당을 거닐며 마음을 진정하려 애를 썼지만 대남공작이니 간첩이니 하는 어마어마하게 불길한 단어들이 머리를 맴돌고 있었다. 걱정하는 아내를 먼저 잠자리에 들게 하고도 그는 방과 마당을 들락거렸다. 자신의 신경을 곤두서게 하는 것이 형에 대한 문제 때문만은 아니라는 걸 스스로 잘 알고 있었다. 그는 지금 집행유예 중인 몸이었다.

1961년, 유족회 간부들은 같은 해 6월 22일 법률 633호로 공포된 '특수범죄 처벌에 관한 특별법' 위반의 죄명으로 혁명검찰부에 의해 기소되어 혁명재판에 넘겨졌다. 관련자들을 사전 구금시켜 놓은 뒤 법을 만들어 재판에 회부한 것인데, 이 법률은 처벌대상이 지나치게 포괄적일뿐더러 공포한 날로부터 무려 3년 6개월이나 소급 적용할 수 있도록 하고 있었다.

특히 "정당, 사회단체의 주요 간부의 지위에 있는 자로서 국가보안법 제1조에 규정된 반국가단체의 이익이 된다는 정을 알면서 그 단체나 구성원의 활동을 찬양 고무, 동조하거나 또는 기타의 방법으로 그 목적수행을 위한 행위를 한 자는 사형, 무기 또는 10년 이상의 징역을 처한다."는 내용의 특별법 제6조 '특수 반국가행위'는 유족들을 다시 용공 좌익으로 모는 근거가 되었다.

기소 후 유족회 간부들은 서울 서대문구치소에 수감된 채 방첩대가 주가 된 합동조사단으로부터 혹독한 신문을 받았다. 지역유족회의 회장도 부회장도 아닌 자문역으로 유일하게 기소된 한용범은 남로당 대진읍 세포로 활동하였다는 혐의는 물론 전쟁 중 납북된 작은형의 행적을 자진월북으로 몰고 가는 수사진과 싸워야 했다.

재판은 그해 말이 되어서야 열렸다. 검찰 측 공소내용의 주된 핵심은 피고들이 전쟁 이후에도 북한괴뢰가 간접침략을 획책하고 있음을 알고도, 유족회 활동을 통해 전쟁 시 사망한 좌익분자를 애국자인 양 가장시키고 우리 군경이 양민을 학살한 것처럼 왜곡 선전하여 국민을 오도함으로써 반공체제에 균열이 생기게 해서 북한괴뢰집단의 이익이 되게 하였다는 것이었다.

재판은 지역유족회별로 진행되었으며, 특별법에 의한 재판이었기에 상소심이 최종심인 2심제였다. 대금유족회 세 사람은 최종심에서 옥구열은 징역 7년, 한용범은 징역 3년에 집행유예 5년, 안치홍은 무죄를 선고받았다.

안치홍이 무죄를 선고받은 반면 한용범이 실형을 받은 것은 재판부가 안치홍의 유족회 참가를 가족의 유해를 찾기 위한 단순 목적으로 본 반면, 한용범의 행위는 옥구열의 범행(특수범죄처벌에 관한 특별법 제6조)을 돕고 방조했다고 보았기 때문이었다. 그나마 형 집행을 유예받은 것은 읍장으로서 국가에 공헌한 행적에 정상참작의 여지가 있다 해서였다.

유족회 간부들은 각각 무죄에서부터 15년까지의 판결을 받았다. 사형언도를 받은 이는 지역유족회 회장과 전국유족회 사정위원장을 겸하고 있던 한 사람이었다. 아내를 대살당한 그를 검찰과 재판부는 전쟁 중의 민간인 피학살자 진상규명 사건의 핵심인물로 지목한 것이었다. 그 사람도 뒷날 15년으로 감형되었지만 그때 한용범의 처지로서는 알 길이 없었다.

옥구열의 소식은 알고 있었다. 작년 여름에 형 집행정지로 풀려나 부산에 살고 있다는 것이었다. 물론 출소 후 만난 적은 없었다.

한용범은 한동안 잊고 지냈다가 한꺼번에 달려드는 그때의 기억을 털어 버리려는 듯 다시 냉기가 내리는 마당으로 나왔다. 농사일에 묻혀 몸과 마음을 바쁘게 하는 것은 사실 지난 시간을 이겨 내려는 필사적인 노력이었다. 그런데 아주 기분 나쁜 일이 일어난 것이다. 한용범은 내일 당장 담당형사를 찾아가야 했다.

감옥에서 풀려나 집에 도착한 다음 날 그는 관내 경찰서로 가서 출소 신고를 했다. 담당형사로 배정된 이가 서류를 꾸민 뒤 몇 가지 주의 사항을 일러주었다. 타지로 나갈 때, 수상거동자의 연락을 받거나 만났을 때, 그리고 유족회 사람들을 만났을 때는 반드시 신고할 것, 체포와 조사과정, 재판과정에 대해 발설하지 말 것 등이었다. 그리고는 담당형사가 한 번씩 찾아와 동태를 살폈다. 한용범은 유의사항을 잘 지켰다. 친척이나 친구의 대소사에도 아내를 보내거나 소홀히 하면서 되도록 출입도 자제하고 지냈다. 그런데 오늘, 집행유예가 끝나가는 시점에 정체를 알 수 없는 사람이 찾아왔다는 점에서 한용범은 불안하지 않을 수 없었다.

잠깐 눈을 붙이고, 다음 날 아침 한용범은 경찰서로 가기 위해 옷을 챙겨 입었다.

사복 둘이 대문을 밀고 들어온 것은 그때였다. 담당형사는 없었다.

"야, 무진장 넓구나! 몇천 평은 되겠네."

"요새는 대진 사람들 함부로 보면 안 돼. 너도나도 배밭 해서 재미를 엄청 본다니까."

“구포 배밭 저리 가라네. 왜 기차 타고 구포역이나 삼랑진역에 정차하면 장사치들이 차창에 달라붙어 내 딸(딸기) 사소, 내 배 사소 그래서 배 잡고 웃잖아. 요새는 대진역에서도 내 배 사소, 그러겠네.”

그들은 야외에 놀러 나온 사람들마냥 한가로운 이야기를 나누며 마당으로 내려서는 한용범을 빤히 바라보았다.

“돈 벌 시간은 있고 서에 한 번 들를 시간은 없소? 우리한테 와야 할 일이 있었을 건데.”

“우리가 모셔 가도록 기다리고 있은 거지 뭐.”

“지금 서로 가려던 참이었소.”

신발을 신으며 한용범이 말했다.

“왜? 무슨 일이 있긴 있나 보네.”

한 명이 태연하게 능청을 떨었지만, 한용범은 오금이 저려 왔다. 한용범은 그들이 타고 온 검정색 지프에 실려 경찰서로 갔다.

그를 연행해 온 사람들은 한용범을 조사실로 밀어 넣고는 말없이 그냥 나가 버렸다. 경찰서는 조용했다. 시간이 한참 흐른 뒤에야 그를 데리고 온 사복 둘이 들어섰다.

“야, 한용범! 간첩을 만나고도 우리한테 신고도 안 해? 간이 배 밖에 나왔나?”

“집행유예 기간 끝나 가니 아예 나 죽여라 하고 빨갱이 표시 내겠다 이거야? 또 사일구 같은 거 기다리나? 빨갱이들 표 모아 민선 읍장 한 번 더 하게!”

"어젯밤에 누굴 만나 무슨 이야기 들었지?"

그동안 이발소라도 다녀왔는지 화장품 냄새를 피우는, 방금 면도를 한 듯한 턱이 짧은 쪽이 다그쳤다.

"처음 보는 사람이 찾아와 말도 안 되는 소리를 하길래 내쫓고, 아까 말한 대로 서로 가던 참이었소. 찾아왔을 때 내가 옷 입고 나오는 걸 보았지 않소."

"처음 보는 그 사람이 누구야? 말도 안 되는 소리가 어떤 소린데?"

"외항선 탄다고……."

화장품 냄새를 피우는 자가 말을 싹둑 자르고 나섰다.

"그래, 외항선 타는 사람이 왜 찾아왔는데?"

"형님 소식을 전해 달라는 부탁을 받았다고……."

"월북했다는 형님 소식 말이지? 외항선 선원이 형님 안부 전하면서 일본으로 오라고도 했겠네. 간첩하고 접선한 거구먼!"

가죽잠바 입은 자가 나섰다. 제대로 이야기도 못 하게 하면서 월북에, 간첩이란 말까지 함부로 꺼내고 있는 걸 보고 한용범은 이래서는 안 되겠다 싶었다. 조사실에 혼자 남겨진 동안에도 신문에 그냥 고분고분 끌려가다가는 끝없이 휘둘린다는 생각을 하고 있었는데, 아니나 다를까 이야기가 마구 부풀려 가고 있었다.

"그러지 말고, 어제 우리 집에 찾아온 사람을 데려와 봐요. 내가 그 사람을 만났다는 걸 당신들이 아는 건 그 사람을 붙잡았다는 소리니, 그 사람을 불러 무슨 얘길 했는지 직접 물어보면 될 거 아니오!"

한용범은 뻗댔다.

"야, 사상범 별 두 개는 이리 빡세나? 이게 아주 머리 위에 앉아 놀고 있어!"

가죽잠바가 그의 목덜미를 내리쳤다. 거구에다 손이 솥뚜껑만큼이나 컸다. 한용범은 숨이 컥 막혀 왔다.

"사상범은 무슨 사상범? 그냥 반국가 사범이지. 그래, 어제 이북 있는 형님 소식 들으니 기분이 어떠시던데? 반가운 소식 전해준 사람에게 돈도 듬뿍 줬을 거고? 넌 간첩하고 접선한 거야."

"아니오! 그 사람이 어떤 사람인지 난 모르니, 그 사람을 데려와 대면시켜 주시오. 그러면 무슨 이야기를 했는지, 뭘 받았는지를 알 거 아니오!"

"왜 큰소리야, 간첩과 접선하고 신고도 안 한 놈이!"

턱 짧은 치가 이번에는 그의 뺨을 후려쳤다. 그러나 한용범은 두 사람을 노려보며 또박또박 끊어 말했다.

"어젯밤 열 시경에 우리 집에 찾아와서 억지로 밥 얻어먹고 시간을 지체하다 간 사람을 데려와! 그 사람이 경찰에서 체포한 사람과 동일인인지 확인을 해야 할 거 아니오!"

두 사람은 누가 먼저랄 것도 없이 서로 눈을 맞추고는 보일 듯 말 듯한 웃음을 흘렸다.

"깜방에서 썩을 만하네, 고단수가 다 됐어! 그러나 한용범이, 기억해 둬! 넌 우리의 영원한 표적이야! 인수인계되는 표적이란 말다. 우리 같은 계통에서는 너같이 인수인계되는 표적들 때문에 일할 맛이 난다 말이다. 수시로 사상 테스트 대상이 되는 걸 억울하게 생각하지는 마라. 다 네가 자초한 일이니까!"

테스트란 말에 어젯밤에 찾아온 자가 정보계 형사이거나 그 밑의 정보원이란 사실을 알아차렸으나 한용범에게 그건 아무것도 아니었다. 인수인계되는 표적, 사상테스트. 한용범은 머리가 아득해 왔다.

"한 달 전에 최연성이 만났지?"

갑자기 가죽잠바가 대들었다.

"누구요?"

"육이오 때 죽은 최연중이 동생 말이다."

그 말을 듣고 보니 그쯤에 최연성을 만난 기억이 났다. 차부에서 아주 잠깐 마주쳤었다. 서로 버스를 기다릴 시간이었고, 그냥 안부만 나누었을 뿐이었다. 5·16 뒤로 보련 가족들에게는 하나의 묵계가 생겼다. 서로 만나서는 안 된다는 것. 그날도 최연성과 우연히 마주쳐 "어디 가나 보네."라고 말했고, 최연성은 "건강하시지예."라고 던지듯 인사를 하고는 자기 아내의 등을 밀면서 대합실 한쪽 구석으로 쫓기듯 가 버렸다. 그런 장면까지 경찰에 보고가 된다! 일거수일투족이란 말이 실감 나지 않을 수 없었다.

"인사만 나누었을 뿐이오."

"그럼 만난 거잖아! 그놈 고모가 일본에 산다는 건 알지? 그래, 무슨 애기했어?"

"그냥 인사말만 한마디씩 주고받고, 따로 떨어져 서 있었단 말요. 최연성이는 자기 처하고 같이 있었으니까. 그리고 최연성이 고모가 일본에 있다는 말은 지금 여기서 처음 듣는 거고, 나하고는 아무 상관이 없소."

"요새는 재일교포 가족 친척들이 우리들한테 일거리를 만들어 준다 말이다. 어제 당신 찾아갔던 그런 사람처럼 말야."

형사가 껄껄거리며 말했다. 일본과 국교정상화가 이루어지고 뱃길이 다시 열리면서 드나드는 재일교포들이 늘어나고 있었다. 한국에 오는 이들은 대한민국을 지지하는 민단 소속일 텐데도 사찰대상이 되는 모양이었다.

잠시 뒤 턱 짧은 형사가 예전의 지서 주임 이주호의 이름을 입에 올렸다.

"아까도 말했지만 당신은 인수인계되는 우리 표적이야! 더군다나 우리 가족 한 명까지 잡아먹었으니 더 놓칠 수 없는 표적이지!"

또박또박 뱉어 내는 그의 말이 좁은 조사실의 벽을 울리며 한용범의 귀를 파고들었다.

대물림

"옥 선생, 국물은 다 마시지 말고 남기는 게 좋을 거요."

짬뽕을 후루룩 소리 내어 먹고 있는 옥구열에게 상고머리가 말했다. 무슨 말인가 하고 옥구열이 상고머리를 바라보았다.

"건더기 다 자시고 나면 그때 말해 주지."

남은 면발이 한 젓가락에 다 말려들고 국물만 남았다. 짬뽕 맛이 국물 맛인데 국물을 남기라니. 옥구열은 양파와 오징어, 홍합 건더기가 가라앉은 따뜻한 국물을 마시기 위해 그릇으로 손을 내밀었다. 상고머리의 손이 조금 빨랐다.

"어허, 이러시면 안 되지."

옥구열은 입맛을 다시며 상고머리 앞으로 옮겨진 그릇을 아쉽게 바라보았다. 상고머리가 쟁반에 담긴 고춧가루와 식초, 그리고 병에 든 간장을 차례대로 국물에 쏟아 부었다. 그러고는 아직 반도 피우지 않은 담배를 그릇 속에 던지더니 재떨이에 담겨 있던 꽁초까지 거기다 털어 넣으며 말했다.

"어차피 옥 선생이 자시긴 자실 거니까 내가 남기라 했지."

옥구열은 그제야 번쩍 정신이 들었다. 서대문구치소에서 불려 나온 그는 군 수사대에서 며칠째 신문을 받고 있었다. 5월 16일 밤, 유족회 사람들과 헤어진 다음 날부터 보름 동안의 도피가 이제 그의 목을 죄고 있었다.

신문 첫날 그는 청천벽력 같은 소리를 들었다.

"야, 옥구열이. 너 평양 갔다 왔지? 그렇다고 한마디만 하고 끝내자."

너무 느닷없는 말이라 멍해져 있는 그를 보고 수사관이 다그쳤다.

"17일, 새벽 4시에 부산 다대포 앞바다에서 간첩선 타고 진남포로 해서 평양 갔다 왔잖아. 채소 장사 했다는 걸 어느 동네 어느 아줌마가 증명해 줄 수 있나, 안 그래?"

신문은 수사관들이 교대로 드나들며 밤낮없이 계속되었다. 이번에 들어온 상고머리는 신문방법을 바꾸기라도 한 건지 제법 인간적으로 대하면서 짬뽕까지 시켜 주었다.

"음식을 남기면 되나, 옥 선생이 자시던 거는 옥 선생이 깨끗하게 비워야지."

상고머리가 이죽거렸다. 어느새 옥구열은 칠성판 위에 반듯하게 눕혀지고 짬뽕국물이 코 위에 얹힌 수건 사이로 흘러들기 시작했다.

"갔다 왔다고 한마디만 하면 깨끗하게 끝날 걸 뭔 고생을 이리

할까.”

호흡이 잠기고 심장이 터지고, 옥구열은 까무룩 정신을 놓았다.

희미한 어둠 속에 총을 든 놈이 칠성판 끝으로 가고 있었다. 엠원 소총 같았다. 옥구열은 거꾸로 눕혀져 있었다. 잠시 뒤 전기에 감전된 듯 그는 깜박 정신을 놓았다. 개머리판이 엄지발가락을 내리찍었던 것이다. 그를 다시 깨운 건 발바닥에 터지는 몽둥이 타작이었다. 목이 터졌다. “그만 때려라!” 그는 남은 힘을 다해 소리쳤다. “이놈들아 그만 때려라!” 천길 낭떠러지 깜깜 어둠 속으로 떨어지면서도 그는 고함쳤다. 누군가의 손길이 그의 손을 움켜잡았다. “그만…….” 감방으로 돌아온 건가.

“여보, 여보! 집이요, 집!”

그는 눈을 떴다. 아내가 온몸이 땀에 젖은 그의 손을 잡고 흔들어 댔다.

“여보, 꿈이니 걱정 말아요, 제발. 꿈을 꾼 거요.”

그는 베개 옆에서 안경을 찾아 쓴 뒤 자리에서 일어나 아내가 건네주는 수건으로 얼굴을 닦으며 방을 나왔다. 큰애가 쪽마루에서 웅크린 채 자고 있었다. 좁은 방 하나에서 식구 모두가 자다 보니 큰애는 한겨울만 아니면 늘 밖에서 잤다. 그는 차낸 홑이불을 덮어 주며 아이의 얼굴을 들여다보았다. 아이는 그냥 곤하게 자고 있었다. 아이의 얼굴에서 고통을 살피려는 내가 잘못이다, 라고 생각하며 그는 손바닥만 한 마당으로 내려섰다. 밤바람이 악몽에 시달린 몸과 마음을 서늘하게 씻어 주었다. 푸르무레한 기운이 감도는 높은 하늘의 반달이 너무 환해 마치 다른 세상에 서 있는 듯했다. 그에게 악몽은 산다는 것 그 자체였다. 그는 확실히 다른 세상에 살고 있었다. 아내는 모든 재산을 팔아 자신의 옥바라지를 하고 자식들을 먹여 살렸으며, 그 자신은 건강을 잃은 데다 용공사범이라는 꼬리표가 붙어 있었다. 그러고 여섯 자식을 끌고 열두 번 이사 끝에 지금의 수정시장에 방 하나가 달린 가게를 세낸 채소장수였다. 그게 자신의 모습이었다. 그는 시계를 보지 않아도 지금이 3시가 지났다는 걸 알고 있었다. 형무소에서부터 그는 언제나 비슷한 시간에 악몽을 꾸다 깨어났기 때문이었다. 다시 잠들긴 틀린 데다 얼마 있으면 통금이 풀릴 것이었다. 첫 전차를 타고 새벽시장에 가서 물건을 해 오고, 그렇게 하루를 시작하면 된다. 오늘 할 일만 생각하고 사는 그런 생활 속에 그는 자신을 길들이고 있었다.

어제도 일은 있었다.

"나 학교 안 갈 끼다!"

저녁 시간이 지나서야 돌아온 아이가 책가방을 가게 안쪽의 탁자 위에 내던지며 소리쳤다.

"어데서 놀다 지금 와서는 무슨 소리를 하고 있노! 학교를 안 가다이?"

저녁 장 보는 시간이 지나 가게는 한가했다.

"대신중학교에서 반공글짓기 하고 온다고 늦었지. 저저번 주에도 반공강연회 한다고 불러내더니 오늘 또 그란다 아이가. 급장놈이 내보고 뭐라 한 줄 아나? 니거 집이 빨갱이 집이라 단골로 그런 데 불려간다 안 카나!"

제 어미에게 목소리를 높이는 자식을 지켜보던 옥구열은 깜짝 놀랐다. 너무 화가 나고 기가 찼다. 큰애가 글짓기를 잘해서 반공글짓기대회에 뽑혀 나가는 게 아니라 반공교육이 필요한 아이라서 불려 나간다는 말을 조심성 없는 선생이 급장 아이에게 흘린 것 같았다. 요주의 용공사범이 되어 있는 애비의 신원이 이제 중학교 2학년짜리 자식에게 그대로 넘어가다니, 양파를 마대에 주워 담던 그의 손이 떨렸다.

"급장 아이가 잘 모르면서 하는 소리지. 그냥 무시하고 참아라. 공부 잘해서 좋은 고등학교 가면 되지."

옥구열은 가까스로 감정을 자제하며 그렇게 말했다.

"올도 수학하고 영어 다 빼뭇는데, 과외도 안 하고 우찌 따라 갑니꺼?"

아들은 성적 걱정까지 하고 있었다.

"친구 공책 빌려 옮겨 적고 참고서 읽으면서 자습해야지. 그래서 좋은 성적 내야 진짜 공부 잘하는 거지."

잠시 있다 아이가 말했다.

"내 어렸을 때 어데 기차역 앞에서 할아부지 사진 들고 장례식 안 했나?"

아이는 전혀 엉뚱한 소리를 하고 있었지만 옥구열은 긴장했다.

"흰옷 입은 할무이들하고 엄마들 막 울고 할 때, 집에 오면서 그때 일이 생각나데. 할아부지가 뭘 잘못했노? 그리고 아부지 고생한 것도 그때 일 때문 아인가, 그런 생각을 해 봤어예."

아이는 8년 전의 기억을 되살리고 있었다. 대진역 앞 광장에서 열린 합동장례식 날 그는 큰애로 하여금 제 조부의 영정사진을 들게 했다. 제 조부가 이 세상에 없을 때 태어난 자식이기에 한 많은 부친께 맏손주를 보여 드리고 싶은 데다, 우리 인간이 새로운 생명으로 떠나간 이들의 자리를 이어 가는 존재라는 걸 말하고 싶었기 때문이었다. 행사 진행에 신경 쓰느라 아이의 모습을 제대로 살피지는 못했지만 뜨거운 볕 아래서 영정 사진에 턱을 괸 채 똘망한 눈을 크게 뜨고 어른들 사이에 앉아 있던 장면만큼은 뚜렷이 눈에 들어왔다. 아이는 그때 기억을 말하고 있었다. 중요한 것은 제 조부의 억울한 죽음을 위무하기 위해 그 자리에 앉았던 순진무구한 손자가 이제 제 핏줄을 원망할지도 모르는 형편에 놓였다는 사실이었다. 그는 입이 쉬 떼지지 않았다.

"야가 오늘 와 씰데없는 소릴 자꾸 해쌓노! 밥 차려 줄게 얼른 씻어라."

듣고 있던 아내가 그렇게 윽박지르고 부엌으로 들어갔다. 옥구열은 이참에 큰애에게 몇 마디는 꼭 해 두어야겠다 싶어 입을 열었다.

"할아버질 닮아 기억력이 대단하구나. 좋은 일이다. 니가 그 자리에 있었던 건 할아버지께 인사를 드려야 했기 때문이다. 할아버진 전쟁 통에 억울하게 돌아가셨는데 장례식 날 맏손주인 널 보고 마음 편히 저승에 가실 수 있도록 하기 위해 니가 그 자리에 있은 거다. 아주 당연하고 귀한 자리에 있었던 거니까 잘못되었다고는 절대 생각지 마라."

옥구열은 쉽게 꺼낼 수도, 자주 할 수도 없는 이야기 앞에서 마음을 가다듬었다.

"중요한 건 말이다. 앞에도 말했지만 할아버진 앰하게 돌아가셨고 그걸 바루려다 내가 고생을 했다. 거기에 대해서는 니가 좀 더 크면 구체적으로 알게 될 거다. 그라고 그 여파가, 그 영향이 니한테까지 가서는 안 되는 건데 학교서 어찌 잘못된 모양이다. 할아버지나 아버지가 나쁜 짓 한 건 절대 아니니까 그 점 잘 명심하고 힘들더라도 이겨 내라. 용기 잃지 말고. 알아들었나?"

"네."

아이는 쉽게 고개를 끄덕이고 돌아섰지만 옥구열은 자신이 한 말이 성글다 싶어 마음이 불편하기만 했다. 그보다 더 심사가 고되고 화가 나는 것은 이제 중학교 2학년짜리 아이에게 이런 이야기를 할 수밖에 없게 만든 현실이었다. 그런 한편 이런 식으로 세상이 흘러가다 아이에게 제 조부와 애비의 고통이 대물림되는 게 아닌가 하는 두려움이 한여름 비구름처럼 몰려왔다. 그건 하늘이 무너져 내리는 아득함이었다.

대물림이란 말이 무섭게 들린 적이 있었다. 재판이 진행되는 동안 유족회 사람들은 구치소에서도 매일같이 자신의 재판은 물론 다른 사람들의 그것에도 귀를 쫑긋 세우고 있었는데, 어느 심판부의 1심이 끝난 뒤 복도에서 검찰관과 재판관이 언성을 높이며 싸웠다는 말이 돌았다. 무죄가 많이 나온 데 대해 검찰관이 따지자 재판관이 억울한 죽음을 풀어주지 않으면 그 원망이 대물림되어 또 다른 원망을 낳을 수 있다는 건 생각해 보지 않느냐고 대꾸했다는 것이었다. 두 사람이 멱살잡이까지 갔다는 뒷말도 있었지만, 옥구열은 대물림이란 말이 하늘 같은 무게로 느껴졌다. 그런데 지금 아들에게 일어나는 일을 보면, 자신의 원망이 자식에게까지 넘어가지 않을까 싶어 섬뜩해지는 것이었다.

좋지 않은 일은 몰려오는 것인지, 점심 시간이 지나 파출소 순경이 가게로 찾아왔다. 아내와 같이 호박잎을 다듬고 있던 옥구열은 자신도 모르게 온몸의 힘이 빠졌다.

"4시까지 가 봐요."

순경은 한마디 덧붙이고 돌아섰다.

"전화 좀 다소. 그래야 서로 편치."

매번 본서의 지시를 전하러 오는 일이 귀찮다는 소리였다. 옆 가게의 뚱보 할머니가 흘깃거리며 훔쳐보다 고개를 돌렸다. 사복 형사는 물론 파출소 순경이 한 번씩 찾아오는 일은 시장 사람들에게 이제 익숙해졌지만 그래도 속내를 알 수 없는 뚱보 할머니는 매번 호기심을 드러냈다. 옆을 바라보니 아내가 그 자리에 묶인 듯 서 있었다. 얼굴이 새하얗게 질려 있었다. 그는 우선 아내를 의자에 앉혔다. 그의 손을 억세게 붙잡은 아내의 거친 손은 떨리고 있었다. 아내가 신음소리를 내뱉었다.

"불러 간 지 며칠 됐다고 또……."

그는 반쯤 꿇어앉아 아내를 보았다. 걱정 마. 말은 목구멍을 넘어오지 못했다. 절망이란 자신의 의지나 행동으로 아무것도 할 수 없는 상황일 때를 이르는 말이었다. 그가 두려운 것은 그런 절망에 익숙해져 가고 있는 자신의 의식과 육체였다.

그가 긴장하고 있는 것은 시국 때문이었다. 1월 21일 무장공비들이 서울 시내까지 침투하고, 이틀 뒤에는 동해 원산 앞바다에서 미국 해군 정보함인 푸에블로호가 북한에 납치되는 등 연초부터 남북관계는 일촉즉발의 상황이었다. 그는 시국, 특히 남북관계에 따라 냉온탕을 오가는 신세였다.

지금 그의 바람은 오직 하나, 얼마 전에 이름도 모르는 기관에 불려 갔다 나온 뒤의 행적을 담당형사에게 조사받는 것이었다. 그러나 그의 기대에는 허점이 많았다. 자신의 행적은 누군지 알 수 없는 주위 사람들에 의해 담당형사에게 일일이 보고되어 왔다. 그동안 별다른 특이사항이 없는데 부른다는 것은 '다른 일'이 있다는 소리였다.

그의 예측은 틀리지 않았다. 서에는 담당형사도 없었다. 취조실에서 마냥 초조하게 기다리다 지프차에 실렸다.

“야 옥구열이, 오늘 밤에는 일 하나 만들자, 응?”

“만들기는. 이 친구가 다 만들어 놨는데. 자루로 할까, 모자로 할까?”

뒷자리 가운데 끼어 앉은 옥구열의 머리 위에 방한모 같은 게 깊이 덮어 씌워지고, 다른 한 손이 그의 목덜미를 사정없이 내리 눌렀다.

“깊이 처박아. 저번에도 해 봤지?”

옥구열은 목덜미가 눌리며 가랑이 사이에까지 고개가 처박히는 바람에 마른기침을 터뜨리지 않을 수 없었다. 그의 기침소리가 신호인 양 차가 출발했다. 오른쪽. 시내방향. 전차 소리가 멀어지고, 새로 난 고관 아랫길. 초량으로 가는 건 확실하고. 하나, 둘, 셋. 3분 정도. 다시 댕댕거리는 전차 소리가 들리고. 머리에서 솟아난 땀이 얼굴과 목을 타고 흘러내렸지만 그는 지도를 그리는 데 열중했다. 끌려가는 곳이 어딘지를 가늠해 보기 위해서, 거기에 더해 며칠을 버틸 집중력과 정신력을 모으기 위해서였다. 언제부턴가 전차 소리가 들리지 않았다. 차가 멈추고 다시 출발, 오른쪽으로 커브, 다시 신호등인가. 출발, 차가 멈추었다. 대교동이나 동광동, 아니면 부둣길인가.

얼마 뒤 그는 헐렁한 군복으로 갈아입혀진 다음 지하실 취조실에 앉혀졌다.

“저번에는 빠져나갔지만 이번에는 아이다.”

옥구열은 어금니를 깨물었다. 몸이 떨리는 것은 보름 전에 받았던 혹독한 고문의 기억 때문이었다.

"너, 김동수 몇 번 만났어? 가만있어 봐라, 우선 정신통일부터 해야지. 쪼그려 뛰기가 좋겠지, 백 번만 하고 나서 이야기하자고."

등짝에 몽둥이가 날아오는 가운데 옥구열은 정신, 통일을 외치며 쪼그려 뛰기를 했다. 뛰다 쓰러지면 몽둥이질에 일어났다 다시 쓰러지기를 반복했다. 신문은 새벽이 다 되어서야 시작되었다.

"너 서구 살 때 김동수 몇 번 만났어? 서대시장에 구덕소리라고 라디오 판매도 하고 수리도 하는 집이 있었잖아."

"그 시장에서 장사는 했지만 구덕소리라는 데는 가지 않았소. 사람은 더 모르고요."

"단파방송 듣는 놈이니까 고장이 나도 혼자 고쳤다 이 말이가?"

신문하는 쪽은 항상 상대의 말꼬리를 잡아채면서 원하는 아귀를 맞춘다. 그렇다고 말꼬리에 잡힐까 무서워 대답을 하지 않을 수도 없다. 단파방송이란 이북방송을 듣는다는 소리여서 옥구열은 또 한 번 긴장하지 않을 수 없었다.

"집에 라디오가 없는데 수리를 어떻게 합니까."

"어쨌든 김동수는 봤을 거 아니야. 그 친구는 널 안다는데 너는 모른다고 하면 그게 말이 돼?"

대질신문 소리가 입에 맴돌았지만 옥구열은 참았다. 대질신문을 시켜 달라는 그 말 때문에 매타작을 당할 수도 있지만, 엉뚱한 사람 하나를 데려와 그 사람 입에서 어디서 몇 번 만나 무얼 했다는 소리가 나오는 것은 더 무서운 일이었다.

시간을 헤아릴 수 없는 상태에서 옥구열은 부산에 사는 김동수란 사람이 연루된 사건에 자신을 끼워 넣으려고 한다는 사실을 알 수 있었다. 잠을 자지 못해 혼미한 머릿속으로 신문에 보도된 조직표가 그려졌다. 맨 위에 한 사람의 얼굴 사진과 이름이 있고 선이 두세 개로 내려가면서 이름과 직책이 나오는 도표. 그는 그 어느 네모칸에 자신의 얼굴과 이름 석 자가 들어가지 않도록 싸워야 한다. 낮인지 밤인지도 모르는 취조실에는 오직 촉수 높은 백열등만이 그의 얼굴 앞과 머리 위에서 따갑게 빛나고 있었다. 그는 바늘로 쑤셔 대는 듯한 안구의 통증과, 얼굴은 물론 온몸이 하얗게 말라 가는 걸 느끼면서 의식을 놓아 버렸다. 어떤 물리적 고통도 느끼지 못하는 죽음. 정신과 상관없이 허물어진 육체는 진정으로 그걸 원하고 있었다.

배가 떠나려는지 고동이 벌써 몇 번째 울고 있었다. 어떡하든 배표를 빨리 끊어서 저 배를 타야 하는데. 그는 오줌이 지리도록 마음이 바빴다. 승객들이 원하는 무인도에 내려 주는 마지막 배편이었다.

"야, 옥구열이, 제발 집에 전화 좀 놔라!"

누군가가 말했다. 또 새치기를 했구나. 옥구열은 소리 나는 쪽으로 고개를 돌려 보았지만 선표 파는 창구 앞에 늘어선 줄만 보였지 말을 던진 사람의 얼굴은 눈에 들어오지 않았다.

"동구가, 4국이지? 번호는 우리가 좋은 걸로 뽑아 줄게. 4국에 4444번."

웃음소리와 같이 그는 섰던 줄에서 밀려나고 끌려갔다. 발버둥치는 그의 몸을 누군가가 잡았다. 온기가 느껴지는 손길이었다. "여보, 여보, 정신차리소!" 또 다른 남자의 목소리가 들렸다. "허, 참. 술을 얼마나 마셨으몬 이렇게나 뻗었노. 사람도 잘 안 다니는 이 부둣길까지는 또 어찌 걸어왔노."

한 달쯤 지나 통일혁명당 사건과 남조선해방전략당 사건이 신문에 대문짝만 하게 보도되었다. 통일혁명당 간첩사건을 조사하는 과정에서 또 다른 조직이 포착되어 동시에 발표한다는 부연 설명도 있었다. 옥구열은 두 번째 사건으로 붙잡힌 사람의 명단에서 부산 서구 거주자를 찾을 수 있었다. 그의 몸이 망가진 건 두 사건에 관련된 어떤 사람도 모르니까 모른다고 진술했기 때문이었다. 그는 신문을 접으며 몸을 떨었다. 언제 또 간첩사건이나 시국사건이 터져 대공기관에 불려 가고, 인적이 드문 시간에 길에 버려질지 몰랐다. 그가 불려 가는 건 자기 몸 하나 상하는 것으로 끝나는 게 아니었다. 생물인 채소는 제 날짜를 넘기지 않고 팔아 재고를 남기지 않는 게 무엇보다 중요한데, 아내 혼자 이리 뛰고 저리 뛴다 해도 손이 모자라니 손님들의 발길이 뜸해질 수밖에 없었다. 자기가 가게를 비운다는 것은 바로 생계와 직

결된 문제였다.

“여보, 전활 놓읍시다.”

물이 가거나 시든 채소를 저녁거리로 소쿠리에 따로 담아내던 아내가 말했다. 아이들은 호박죽, 보리가 거의 다인 열무비빔밥, 삶은 감자, 가지나물, 정구지 부침을 질리도록 먹고 있었다.

“불안해서 못 살겠소. 그 사람들이 당신을 새벽길에 버려 두고 파출소로 연락해서 거기서 사람이 집에 오는데, 파출소에서 한걸음에 달려오는 것도 아인 데다 위치도 잘못 말해 줄 때도 있으이 그동안에 당신한테 무슨 일이 일어날지 몰라 내가 지리 말라 죽겠소.”

감자 포대를 안으로 옮기려던 그는 허리를 폈다.

“빚을 또 얻어 어쩔라고?”

나온 말은 돈이었지만 그의 내심에는 분노와 자괴감, 미안함 등이 뒤섞여 끓어오르고 있었다.

“돈이 문제가 아이라 사람부터 살아야지요. 당신도 당신이지만 내가 말라 죽을 판인데 우짤 낍니꺼.”

“당신 맘을 와 모르노, 그렇지만…….”

전화를 단다는 게 개 목줄 다는 것하고 뭐가 다르냐. 그 말은 차마 못 하고 그는 고개를 돌려 한산해진 시장통을 바라보았다. 죽을 4 자를 줄줄 부르며 낄낄대던 목소리가 니 놈도 트럭에 치어 죽기는 싫은 모양이지로 바뀌어 귀를 울렸다. 가족들이 당하는 고통을 두 눈 뜨고 지켜보는 건 감옥살이보다 더 힘들었다.

차라리 몇 년이든 감옥에 갇혀 있는 게 지금보다는 나을 것이라는, 심하게 고문을 당하고 돌아와 한 번씩 떠오르던 생각이 다시 났다. 정말 그럴지도 몰랐다. 그곳만큼 자신의 알리바이를 명확하게 해 주는 안전한 데는 없지 않은가. 물건을 거두어들이는 건너편 그릇집과 이불집의 돈통이라도 빼앗고 싶은 충동 앞에 그는 몸을 떨었다.

시장 사람들과 평소에 자리를 잘 하지 않는 옥구열이었지만 한 달에 한 번 하는 번영회 모임까지 빠질 수는 없었다.

"이제 보이 옥 사장, 알부자네. 백색 전화, 그거 아무나 못 놓는다 아이가."

옥구열은 어묵과 덴푸라를 만들어 파는 백 씨 말에 당황했다.

"여유가 있어서 논 게 아니고, 어쩌다 보니 그리 됐네……."

철없는 아이들이 제 친구들에게 집에 전화 놓았다고 자랑한 말이 어른들 귀에도 들어간 모양이었다. 하기야 이불에 싸서 장롱에 넣어 두지 못한다면 어차피 이웃에 알려질 수밖에 없기도 했다. 벌써 이웃 가게들에게 전화를 빌려 주기도 하고, 급하게 온 전화를 바꾸어 주고도 있었다.

"나도 청약은 해 두었는데 어느 세월에 될란고."

"백색 전화, 그거 팔면 급전 이자보다 더 낫다 카데."

다른 사람들이 끼어들었다.

백색 전화는 청색 전화라고 불리는 일반 전화와 달리 순번을 기다려야 하는 게 아니라 목돈이 들긴 해도 개통이 바로 되는 데다 전매도 가능했다. 사람들이 두 종류의 전화를 백색, 청색이라 부르는 건 전화국 서류 원장(原帳)의 종이 색깔이 하나는 흰색이고 다른 하나는 청색이기 때문이었다.

옥구열은 화제가 어서 다른 쪽으로 옮겨 갔으면 하며 막걸리 사발만 만지작거리고 앉아 있었다.

"촌에 숨겨 논 논마지기가 있든지, 아이몬……."

사람들의 눈이 한쪽으로 몰렸다. 포목상을 하는 송 씨였다. 그는 몰려든 시선을 즐기기라도 하는 듯 얼른 입을 열지 않았다. 평소에도 눈길이 좋지 않던 사람이라 옥구열은 마음이 조마조마했다. 송 씨는 처음부터 그의 신경을 긁었다. 고향이 어디냐, 언제 부산으로 나왔느냐, 부산 어디 살다 이사를 왔느냐, 심지어는 전쟁 때 어디서 무얼 했는지 따지듯이 묻기도 했다. 텃세를 넘어선 오만함이었다. 그가 행세깨나 하는 군경유족이라는 말을 다른 사람에게서 듣고 옥구열은 그런가 하면서도 어쩐지 피하고 싶은 기분이었다.

"어데서 보내 주는 돈이 있든지 그렇겠지."

송 씨의 말이 떨어지자 몇 사람은 뜻을 헤아려 보려고 고개를 갸웃거리기도 했지만 대부분은 너무 애매해서 싱거운 소리로 받아들였는지 술잔을 들거나 다른 이야기들을 꺼내면서 좌중이 시끄러워졌다.

"옥 씨 집에 와 한 번씩 파출소 사람들이 들락거리는 줄 아나?"

시선이 다시 송 씨에게 쏠렸다.

“호적에 빨간 줄이 끄여서 그런 거라, 맞제?”

송 씨가 옥구열의 눈길을 찾으며 말했다.

“뭐?”

숙이고 있던 고개를 들며 반사적으로 옥구열이 말했다. 좌중의 시선이 두 사람 사이를 탁구공처럼 오갔다. 뒷자리에서도 조심해야 할 말을 본인이 앉은자리에서 내놓고 떠들다니. 옥구열은 눈을 부릅뜨고 송 씨를 바라보았다.

“아이가? 똑바로 꼴치는 거 보이 아닌가베? 말해 봐라, 내 말이 틀렸다고 사람들 앞에서 크게 말해 봐라.”

참아야 한다. 옥구열은 이를 악물고 자신을 억눌렀다.

“가만있는 거 보이 내 말이 맞네.”

송 씨가 상체를 내밀며 유들거렸다.

“그래, 백색 전화 단다고 빨간 줄이 지워지나? 그런다고 한 번 그어진 빨간 줄이 지워지나 말이다!”

송 씨가 갈 데까지 가고 있었다.

“송 사장이 무슨 억하심정인지 모르겠지만 남의 말을 함부로 하면 되나.”

옥구열은 기어이 한마디 내뱉고 말았다.

“억하심정? 유식한 말 하고 있네! 들었는가 모르지만 내 형님이 전쟁 때 빨갱이 손에 돌아가셨다 말다, 됐나? 그라고 이 자식이 어데서 말을 함부로 놓노, 내가 니하고 갑장이나 되나, 응!”

"한 살이라도 더 먹었으면 나잇값을 해야지. 잘 알도 못하면서 남의 일에 대해 함부로 입을 놀리노!"

그만 식당에서 나가야 한다는 걸 느끼면서도 그동안 쌓인 불만과 분노가 옥구열의 온몸을 스멀거렸다.

"뭐라, 이 새끼가!"

몸집이 큰 송 씨가 갑자기 일어나려다 무릎이 상을 밀쳐 안주 접시와 잔 몇 개가 나뒹굴었다. 옆사람이 그를 붙잡았다.

"앉으소, 앉아서 말로 해야지."

"그래, 그래. 서로 오해 없이 잘 지내야지."

"오해 같은 소리 마라! 명백한 거다."

제자리에 앉은 송가가 작정한 듯 목소리를 가다듬었다.

"내 말은 육이오 때 죽은 사람도 구분이 있어야 한다 그 말이다! 보도연맹에 가입했다 억울하게 죽었다고 사일구 뒤에 외고 편 놈들, 그때 군인이나 경찰 나가 죽은 유가족들 심정 생각이나 해 봤나? 얼마 전에 우리 시장 안에 그때 설친 자가 있다는 소리 듣고 사일구 뒤가 생각나는 거라. 오일육 아니었으몬 빨갱이들이 나라 말아먹을지도 몰라! 대한민국 국민이몬 다 같은 국민인 줄 아나? 부산 시내 다 쫓겨 다니다 어데 수정시장에 나타나 까불고 있어!"

송가가 잔을 들고 할 말이 있으면 해 보라는 눈길로 옥구열을 째려보았다. 어떻게 자기를 아는 대진 사람을 만났을 수도, 경찰 쪽 사람 말을 들었을 수도 있을 것이었다. 문제는 그게 아니라 당장 이 자리에서 자신이 어떻게 대응해야 하는가였다. 보련으로 희생된 이들 중에 억울하게 죽은 사람이 대다수라든가 유족회가 군경을 적대시한 게 아니라는 말부터 해야 할 것이었다. 그리고 이승만 독재정권하에서 10년 넘게 막혔던 목소리들이 4·19로 터져 나온 건 당연한데, 채 일 년도 못 참고 그걸 혼란으로 몰아붙인 쿠데타가 과연 명분이 있는지 그걸 물어볼 수도 있었다. 하지만 그 어느 말도 할 수는 없었다. 특히 뒷말은 목구멍 깊이 쑤셔 넣어 둬야 할 것이었다. 단독정부 수립 이후 널리 쓰인 빨갱이란 말이 정권 유지를 위해 국민들을 위협하는 말로 더 많이 쓰이고 있지 않느냐는 생각은 하지도 말아야 했다.

옥구열은 자기 앞에 놓인 잔을 천천히 비우고 일어섰다. 좌중은 조용했다. 신발을 찾아 신고 문 밖으로 나오면서 옥구열은 먼 땅으로 추방되는 기분이었다. 대한민국 국민이면 다 같은 국민인 줄 아느냐는 송가놈의 마지막 말을 듣고도 신발을 신은 자신이 너무 싫었다. 그런 생각을 아무렇지 않게 하도록 조장하는 정권에 이가 갈리고, 아무 말이나 함부로 입 밖에 내어도 되는 세상이 무서웠다.

점포에서 전기를 끌어다 쓰거나 카바이트 불을 밝힌 노점상들도 물건을 거두고 있는 시장통은 적막했다. 이 시장 터가 예전에 두모포 왜관 자리였다는 사실도 그에겐 한가한 이야기였다. 그는 어느 지점에선가 자기를 따라 걷는 불빛에 흔들리는 그림자를 보고 걸음을 멈추었다. 그래도, 육이오 때 죽은 사람도 구분이 있어야 한다는 송가의 말에는 한마디 해야 하지 않았을까. 죽음을 어찌 무게로 달려고 하느냐, 죽음에 어찌 빛과 그늘이 있다고 말할 수 있느냐, 라고. 옥구열은 제 몸뚱이를 따라 멈춘 그림자를 내려다보다 힘없이 걸음을 옮겼다. 그 여름, 부친이 만든 그림자를 지우려다 자기도 그림자로 살고 있지 않는가. 그는 책가방을 집어던지며 학교 안 갈 거라고 소리치던 큰자식을 떠올리고는 화들짝 놀라 머리를 흔들었다.

"어이, 옥 사장 같이 가자!"

누군가가 바쁜 걸음으로 따라붙었다.

"그 사람, 아무리 취했다 해도 지나치네. 맘 상한 채 그냥 가몬 우짜노, 어데 가서 따끈한 국물로 속도 풀고 마음도 풀고 들어가지."

길 건너편의 이불집이었다. 옥구열은 너는 경찰 끄나풀, 내 감시자는 아니냐, 내 속에 든 무슨 말을 끄집어내려 하나, 그런 생각부터 달려드는 자신이 너무 싫었다. 살아 있는 생명으로 못할 짓은 자신에 대한 학대였다. 더 못할 짓은 그래서는 안 된다고, 시장통 군데군데 모아 놓은 온갖 푸성귀와 음식쓰레기의 악취로 가득한 이 시절을 이겨 내야 한다는 걸 알면서도 하루하루 지쳐 가는 자신을 지켜보는 일이었다.

긴 하루

1972

견디는 것도 희망이라면

“봐라, 마담! 불 좀 더 높여라.”

“아직도 불 타령이요? 조금 전에도 높여 놓았건마는.”

마담은 난로로 다가오기는 했지만 손을 대지는 않았다. 심지가 발갛게 달아오른 석유난로는 잘 타고 있었다.

“손을 한 번 잡아 줬으면 난로 탓은 안 할 낀데.”

임 씨가 돌아서는 마담의 손을 잡았다.

“와 이라요! 내 손 아이라도 집에 가몬 잡아 줄 손이 있을 낀데.”

마담이 손을 털고 다시 카운터로 걸어갔다. 한가한 실내에는 「보리밭」이라는 노래가 전축에서 흘러나오고 있었다. 탁한 듯하면서 묘하게 감정을 자극하는 여자가수였다. 임시 공휴일에다 날씨까지 추워서인지 다방에는 손님이 없었다. 과수업을 하는 친구들과 들른 기원이나 식당도 한가하기는 마찬가지였다. 날씨는 풀리지 않았다. 오후 들어 바람은 잦아들었지만 기온은 그대로였다.

장지에서 잠깐 얼굴을 내밀었던 해도 더는 나지 않았다. 평토제 뒤에 나온 음식과 술을 손님들은 서둘러 먹었다. 솥을 걸고 국을 끓여 내었지만 날씨가 차서 느긋하게 앉아 주찬을 들 형편은 아니었다. 문상객들 대부분이 자리를 뜰 때 한용범도 따라 일어났다. 사람들이 일어서는 걸 보고 망인의 큰사위와 동생 박대순이 길가로 내려와 인사를 했다. 큰사위가 주로 처족을 포함한 집안 사람들에게 인사를 했다면 박대순은 동리 사람들에게 인사했다.

"택시를 몇 대 부를 걸 그랬지요? 걸어가시기엔 바람이 찬데……."

박대순이 노인들의 손을 잡으며 말했다. 그는 몇 걸음 비켜선 한용범에게 목례를 보냈다. 두 사람은 평시에도 그냥 지나치기만 할 뿐 어떤 자리도 같이 한 적은 없었다. 박대순이 몇 년 전에 마산으로 거처를 옮긴 후로는 얼굴 마주칠 일도 없었다.

1960년 4·19 때 잠시 몸을 피했던 박대순과 김기환 등은 5·16 뒤에 고스란히 되돌아왔다. 전쟁 때 대진읍을 쥐고 흔들었던 사람들 중에서 읍을 떠난 사람은 의용경찰대장 장치구와 읍장이었다. 시일을 두고 한 사람은 대구로, 다른 한 사람은 자식이 사는 서울로 갔다고 했다. 국민회 회장을 하던 이는 민주공화당 지구당에서 부위원장을 하면서 정치판을 어슬렁거렸지만, 읍민들 눈에 자주 띄는 사람은 그래도 박대순과 김기환이었다. 박대순은 자그마한 건설회사를, 김기환은 농기구 대리점을 하면서

5·16 직후 조직된 재건국민운동중앙회의 지부 활동부터 새마을 운동까지 여러 관변단체에 이름을 올리며 자기들이 하는 사업에 음으로 양으로 도움을 받았다. 얼마 전부터는 김기환이 부산에 예식장을 짓고 있다는 말이 돌고 있었다. 그들은 여전히 대진의 유지였다.

“커피 한 잔 마셔 놓고 마담에게 손 데워 달라고 해서야 되나. 내가 쌍화차 살게.”

한용범이 마담을 불렀다.

“이 사람이 우리보다 더 추위 타는 거 아니가.”

“바둑 둬서 돈 잃고, 차까지 사겠다고? 오늘 아주 인심 쓰네.”

한용범은 내리 네 판을 졌다. 호선으로 두는 동수끼리 두 판, 선으로 두는 상수에게 한 판, 그리고는 두 점을 접는 하수에게까지 패하고 말았다. 포석 단계야 정석으로 흐르지만 중반 이후 싸움이 시작되면 한 수 한 수가 새로웠다. 그는 전투보다는 집바둑으로 가는 쪽을 택했다. 지난 시절의 기억을 더듬는 데 몰두했던 그로서는 계가가 눈에 보이고 대세점만 찾으면 되는 집바둑으로 가는 게 유리할 것 같아서 그랬지만 그것조차 제대로 먹히지 않았다. 생각이란 놈은 이상해서, 바둑에 몰두하고 있는데도 어느 순간 되살리지 못했던 기억이 나고, 떠올리지 못했던 이름과 장소가 떠올라 행마를 그르쳤다. 아무리 전투를 피한다 해도 돌이 부닥치다 보면 크고 작은 싸움이 일어나기 마련이었다. 거기다 오늘은 강하다는 소리를 듣던 끝내기까지 시원찮았다. 특히 마지막 판에는 3단을 젖혀 상대가 끊어 잡는 반대쪽을 취해 삶을 확보해 놓고 다음을 도모해야 되는데 덜컥 두 점을 잇는 바람에 대마가 끝까지 미생으로 몰려 패하기도 했다. 더구나 상대는 두 점 하수인 임 씨였다.

"한 판 남았지?"

돌을 쓸어 담으며 임 씨가 오금을 박았다.

과수업을 하는 사람들 중에서 연배가 비슷한 이들끼리 바둑을 한 번씩 두었는데 언제부터인가 내기에 치수 고치기가 룰이 되었다. 내리 5판을 이겨야 치수가 고쳐지기에 쉬운 일이 아닌데도 역도선수라고 불리는 임 씨에게는 어느새 막판에 몰려 있었다. 기박이 재미나는 건 많든 적든 돈이 걸린 승부욕 때문이었다. 거기다 적당한 자존심이 걸린 입담도 한몫을 했다.

"집에 돌아가서 치부책에 적어 놓나, 어찌 그리 기억력이 좋노."

"기원에 앉아 마누라 나이를 세겠나, 첩사이 나이를 세겠나."

"애인이나 하나 만들어 놓고 그런 소리 해라."

한용범과 임 씨가 주고받는 말에 다른 친구들이 끼어들었다.

"역도선수가 요새 승률이 좋아."

임 씨는 착수할 때 돌을 바로 놓는 법이 없었다. 착수할 곳을 충분히 생각했다 돌을 놓아야 하는데도 언제나 돌을 놓을 듯하다 들고, 또 놓을 듯하다 다시 드는 버릇이 있었다.

"두 사람, 지금 바로 붙여 줄까?"

지켜보던 친구 말에 한용범은 뜨끔했다. 오늘은 호선으로 둬도 질 것 같았다. 그래도 그는 딴소리를 했다.

"좋지, 딱 한 집만 이겨 제자리로 돌려놓지 뭐."

임 씨가 서둘러 돌 통을 만지작거렸다. 돌 부딪치는 소리를 듣자 한용범은 갑자기 피곤해졌다. 바둑을 머리로 둔다고 하지만 정신력도 결국은 체력에서 나오는 것이었다. 짝이 안 맞는 다섯이 두다 보니 시간도 오래 걸렸다.

"그만하고 밥 먹으러 가자. 한 판 남았다는 건 오늘 공증 받아놓았으이 된 거 아이가."

"그래, 네 판 이긴 거 아껴 놔라. 한 방에 날라가몬 하수가 언제 다시 네 판 내리 이길 끼고."

그렇게 옆에서 거들어, 그때까지 투표를 못했던 한 사람을 빼고 이렇게 네 사람이 다방에 앉은 것이었다.

"근데, 제주도 가는 거는 그대로 가나? 마누라가 배멀미 걱정을 해쌓는데."

이야기는 조합의 친목계에서 가는 여행으로 옮겨 갔다. 과수업자들이 시간을 낼 수 있는 계절은 겨울뿐이었다. 이틀 밤을 배에서 지내야 하는 제주도행을 두고 이래저래 의견들이 많았다.

한용범은 피곤했지만 차를 한 잔 더 사면서 자리를 지키고 있었다. 집에 들어가 책을 뒤적이기도 내키지 않아 이렇게 시간을 보내고 있는 것이었다. 어차피 망인을 둘러싸고 이런저런 기억이 떠오를 날이기는 했지만, 생각지도 않게 만난 옥구열로 해서 그가 헤아릴 시간은 길고도 더디었다. 그랬다. 피곤한 것은 문상이나 바둑 때문이 아니라 기억의 무게 때문이었다.

"어어, 이러다 저녁까지 먹겠다."

누군가가 말머리를 자르고 나섰다.

"마누라 배멀미가 걱정되몬 자네가 미리 배를 자주 태아라, 제주도 가는 배도 밤 배다."

웃음소리와 같이 옷을 챙기고 모자를 찾아 쓰면서 파하는 분위기가 되었다.

찻값을 계산하고 조금 늦게 밖으로 나오자 누군가가 말했다.

"아따, 살았을 때는 있는 동 없는 동 하던 영감쟁이, 초상 한번 걸다. 사람들을 하루 종일 붙잡았네."

6시는 못 되었지만 흐린 날씨가 괜히 마음을 바쁘게 했다. 어제 만났던 경도댁도 비슷한 소리를 했다.

"해방 뒤로 한 시절 다 산 사람처럼 조용히 지내더이 그것도 지겨웠던갑다."

부고를 받고 한용범은 경도댁에게 연락을 했다. 그녀는 오래전부터 대구 제일모직에 다니는 조카에게 여생을 의탁하고 있었다. 문상을 하고 한용범의 집에 잠깐 들렀지만 다른 사람들 이야기는 일절 하지 않았다. 대진을 떠난 뒤부터 그녀로서는 대진 사람들의 이야기가 소용이 없어졌는지도 몰랐다. 한용범이 처와 같이 역까지 모시는 동안 경도댁은 기억이 날 만한 길이나 건물을 봐도 아무 말도 하지 않았다. 재바르고 총기 있던 그녀도 세월의 힘 앞에서는 아주 단순해지는 모양이었다.

집의 방향에 따라 한두 사람씩 헤어지고 한용범은 잠시 뒤 혼자 남았다. 읍은 별로 변하지 않았다. 읍사무소나 지서 등의 관공서는 모두 같은 자리에 새로 지어졌다. 양숙희가 떠난 뒤로 주인이 어러 번 바뀐 자혜의원은 삼 층 건물이 되어 있었고, 미창은 대한통운 창고로 고쳐졌다. 건물이 새로 서도 본래 있던 장소에 세워졌기에 바뀐 느낌을 주지 않을 수도 있었다.

대로에서 벗어나 집으로 드는 골목에 들어서는데 확성기 소리가 그의 등을 울렸다.

"투표 마감 시간이 임박했습니다. 대진 읍민 여러분, 투표 마감 시간이 임박했습니다. 아직까지 투표를 하지 못한 분들은 지금 바로 해당 투표소를 찾아 국민의 의무를 다합시다!"

자동차에 매단 확성기 소리는 아주 천천히, 또박또박 그의 귀를 울렸다. 조합 사람들과 몇 시간이나 같이 지냈지만 투표 이야기는 한마디도 나오지 않았다. 국민들이 자기 의견을 말할 필요가 없는, 그런 국민투표가 끝나 가고 있었다. 한용범은 문득 한기를 느꼈다. 어둑살이 내려앉는 골목이 아주 길어 보였다. 골목은 차 한 대가 겨우 지날 만큼 좁았다. 집 앞까지 차가 제대로 들어오지 못해 불편할 때가 있기는 했다. 정부에서는 몇 년 안에 집집마다 자가용을 가질 것이라는 장밋빛 청사진을 내놓고 있었다. 자고 나면 농지 값은 떨어지고 도시의 땅값은 오르고 있었다.

대진을 뜰 생각을 안 해 본 것은 아니었다. 집행유예 기간이 끝난 뒤에 한용범은 깊이 생각해 보았다. 꼭 경제적인 이유 때문이 아니라, 좁은 대진 바닥에 산다는 게 그로서는 불편했다. 자신을 두고 좋은 말을 하든 나쁜 소리를 하든 그는 주목의 대상이었다. 생때 같은 누이동생을 죽이고 총을 맞고 살아나 좌익 혐의로 감옥까지 산 그에게 대진은 고난과 오욕의 땅이었다. 자식들 교육을 포함해서 먼 장래를 본다면 어디 큰 도시로 나가 모르는 사람들 속에 파묻혀 사는 것도 방법이었다. 그렇지만 그는 결행하지 않았다. 재산 정리며 어딜 가서 무얼 해 먹고살 것인지 하는 문제보다 자신의 마음을 내리누른 것은 떠나면 패자가 된다는 생각이었다. 지금까지 겪은 일들이 자신이 크게 잘못을 저질러 당한 거라고 인정하는 꼴이 될 것 같아서였다. 자신을 위무하고 격려할 이는 결국 자기 자신이었다.

그렇지만 대진 땅을 떠나지 않으려는 자신의 의지가 지금 당장은 희망 없는 고집에 지나지 않을 거라는 것을, 조금씩 멀어지는 확성기 소리가 고스란히 설명해 주고 있었다. "대진읍민 여러분, 국민투표 마감 시간이 임박했습니다……."

대통령을 간접선거로 뽑겠다는 것은 일인 장기독재로 간다는 소리였다. 남북이 긴장상태에 있는 이상, 무차별적으로 좌익으로 내몰린 국민보도연맹원과 민간인 학살문제가 쉽게 거론되기는 어려울 것이었다. 더구나 유족회 활동마저 용공으로 몰아 탄압한 박 정권하에서는 전혀 희망이 없었다. 땅거미가 내리는 어둑

한 골목이 한없이 길게 느껴졌다. 이제 자신의 나이도 환갑을 앞두고 있었다. 자신에게 남은 시간도 걸음이 더딘 이 길 같을 거라는 예감이 다시 몸을 떨게 했다. 아침에 만난 옥구열이 지금이라도 자신의 어깨 곁에 붙어 서서 "긴 하루였지예? 십 년이고 이십 년이고 다른 세월 오는지 안 오는지 제가 지켜보고 있을 테니 집에서 푹 쉬십시오." 하는 소리가 들리는 듯했다. 견디고 기다리는 일밖에 할 수 있는 게 없다면, 견디며 기다리는 그 자체도 희망일 것이었다.

끝이 없는 시작이

승객들의 두런거리는 소리에 옥구열은 감고 있던 눈을 떴다. 버스가 구포다리에 들어서고 있었다. 오래전부터 구포다리는 행정구역에 상관없이 경남에서 부산시에 들어섰다는 확실한 표지였다. 차 안의 수런거림도 이제 목적지에 다 왔다는 승객들의 심리적 반응일 것이었다. 지루한 시간과 풍광에 지친 몇 사람이 강을 찾아 허리를 세웠다. 가을 가뭄에 여위긴 해도 강은 제 나름의 폭으로 흐르고 가을빛을 지워가는 백양산이 가까이 잡혀 왔다. 강 상류로 눈길을 돌리면서도 옥구열의 머릿속에는 대진을 벗어나며 보았던 합동묘 터가 선했다. 그곳은 차를 타고 오면서 그가 헤맨 지난 시간의 가장 선명한 자취였다.

옥구열은 평소 대진이나 마산을 오갈 일이 있을 때면 버스 대신 열차를 탔다. 시간 맞추기도 까다롭고 버스보다도 느린 열차를 고집한 것은 국도변에 자리한 여곡리 산자락의 합동묘 터를 보는 게 괴로웠기 때문이었다. 그렇지만 오늘 그는 버스를 탔다. 그리고 1960년 그 6월로 돌아가서 과수원들 사이에 잡목과 마른 풀로 덜렁 남겨진 그곳을 기어이 찾았다. 한용범을 만났다는 단순한 감회가 아니라 5·16 뒤부터 지금까지 두 사람에게 드리우고 있는 그림자가 오늘 국민투표를 통해 앞으로도 지속될 거라는 사실 때문이었다. 현실을 외면한다고 고통이 지워지고 가벼워지는 건 아니라는 걸 알기에 어제와 오늘을 똑바로 직시해야 했다.

시내에 들어서서도 차가 밀리지 않아 버스는 수월하게 터미널에 도착했다. 히터의 더운 바람이 들어오던 버스에서 내리자 몸이 오싹 떨려 왔다. 하늘은 흐리고 찬바람이 허술한 아랫도리를 휘감았다. 터미널은 물론 길 건너편의 자유시장과 평화시장도 한가해 보였다. 임시공휴일에다 때 이른 한파 때문이겠지만 잔뜩 움츠린 채 종종걸음을 치는 행인들의 모습이 옥구열에게는 예사로 보이지가 않았다. 유신헌법이 제정되면서 전개될 사회 분위기를 그대로 보여 주는 게 아닌가 하는 생각이었다.

사람이 정치적 동물이라는 말은 있지만 누구도 그걸 실감하며 살지는 않는다. 돌이켜 보면 평범한 장사치로 살아갈 옥구열을 인간은 정치적 동물이다, 라는 말을 상기하며 살아가게 한 것은 그가 처한 환경이었다. 보련에 가입한 부친이 죽은 뒤 그는 기일도 정확하게 모르는 제사를 숨어 지내야 하는 유족으로 10년을 보냈다. 유족들이 유해를 수습해 매장하고 누가 왜 죽였는지를 물어보고자 할 수 있었던 것은 4·19로 정치상황이 바뀌었기 때문이었다. 그리고 5 · 16쿠데타는 죽은 자들을 다시 한 번 땅 속 깊이 묻고는 유족회 임원들을 반국가 사범으로 처벌했다. 그 굴레를 벗어나는 길은 단 하나, 정권이 바뀌는 것뿐이었다. 5 · 16으로 집권한 지금의 정권이 계속되는 한 유족들의 원망은 풀릴 길이 없기에 옥구열은 오늘 투표가 절망스럽고 무서웠다.

옥구열은 걸음을 늦추었다. 거리에 부는 찬바람처럼 달려드는 상념에서 벗어나기 위해서이기도 했지만 사거리 횡단보도 앞이었다. 신호가 바뀌고 텅 비다시피 한 길을 건너자 전신전화국이 보였다. 그는 전화국 앞에 늘어선 공중전화 박스를 보고 잠시 걸음을 멈추었다. 터미널에서와 마찬가지로 집에 도착을 알릴까 하는 망설임이 그를 붙잡았지만 역시 내키지 않은 것은 집에 전화가 울리는 것에 대한 거부감 때문이었다. 1시간 남짓이면 투표를 마치고 집에 갈 수 있을 것이었다. 그는 셔터가 내려진 전화상들과 한복집들을 지나 부산진시장 쪽으로 잰걸음을 놓았다.

진시장 앞의 육교 계단을 다 오르자 바람이 거세졌다. 차들이 별로 다니지 않아 서면 쪽으로 뻗은 텅 빈 대로가 아득하게 멀리까지 내다보였다. 데레사여고가 마주 보이는 지점에 이르자 호각 소리가 들렸다. 철도건널목 앞이었다. 내려지는 차단기를 보면서 옥구열은 또다시 막막한 기분에 사로잡혔다. 멈추어 선 행인들이 "어이, 추운데 잘못 걸렸네!", "화물차만 아이몬 다행이지."라는 말을 주고받았다. 한 걸음만 빨랐다면 기다리지 않아도 되었을 거라는 그런 기분은 누구나 느끼는 것이지만 그는 내려진 차단기 앞에서, 멈추어 서 버린 자신의 모습, 그 자신의 인생을 보고 있었다. 화물열차라는 걸 확인한 옆사람들이 다시 투덜댔다. 하지만 꼬리가 길고 속도도 엄청나게 느린 화물열차라 하더라도 일정한 시간이 지나면 차단기는 올려져 자동차와 보행자에게 길을 틔울 것이었다.

얼마 뒤 열차 꽁무니가 보였다. 그는 끝이 없는 시작이란 없다는, 막연하기에 유일한 희망을 다시 새기고 있었다. 트인 길 너머로 아침에 만났던 한용범의 얼굴이 떠오르자 구씨 할머니가 생각났다.

시장사람들 모임에서 포목상 송 씨가 그에게 건 시비가 시장사람들의 입을 타기 전부터 옥구열은 개장국집이나 돼지국밥집을 한 번씩 찾았다. 입맛이 까다롭거나 그걸 즐겨서가 아니라 몸이 상할 때마다 아내가 그의 등을 국밥집으로 밀었기 때문이다. 돼지찌개도 배부르게 먹이지 못하는 아이들이 눈에 밟혔지만 그는 오히려 자식새끼들을 위해 눈을 질끈 감고 뚝배기 바닥이 보일 때까지 국물을 마시며 몸을 추슬러야 했다. 시장 한구석에 개장국집이 있었다.

"시절 따라가몬 그냥 묻혀 가고 거스르몬 눈 밖에 벗어나는 기 세상 이치지."

노파가 따로 진국 한 그릇을 탁자 위에 놓으며 말했을 때 옥구열은 그게 혼잣소리인지 누구에게 하는 말인지를 몰라 가게

안을 다시 둘러보았다. 식탁 네 개가 놓인 좁은 가게라 어디를 둘러보고 어쩌고 할 것도 없었지만 노파의 말이 자기를 두고 하는지에 대해서는 자신이 없었던 것이다. 언제나 식사 시간을 피해 가는 그였기에 그날 늦은 저녁때도 혼자였다.

"고맙습니다."

그는 우선 따로 내주는 국물에 인사를 했다.

"훌훌 잡수소. 개가 사람하고 가장 닮은 짐승이라 몸에 좋다요."

혼자 국을 사 먹을 때마다 그냥 음식으로 대하지 못해 늘 목이 메었지만 오늘은 또 다른 심정이었다.

"아까 말씀은?"

노파는 벌써 몸을 돌려 부엌과 제일 가까운 의자에 앉아 부채질을 하고 있었다.

"그냥 혼자 해 본 소리지."

길을 내다보면서 노파가 대꾸했다. 옥구열로서도 뭐라 다른 말을 건넬 생각도 하지 못하고 김이 나는 뿌연 국물을 뜨기만 했다.

사람들에 대한 경계는 이미 오래전부터 굳어진 본능이었다. 하루하루 장사해서 먹고사는 일 외에 그는 귀와 입을 닫고 지냈다. 아는 사람도 떨어져 나가는 판에 새로 사람을 알 필요도 없었다. 더구나 포목상 송가와 부닥친 뒤로 그는 더욱 외톨로 지냈다. 살아 있는 생명으로서 못할 짓은 자신에 대한 학대라고, 그날 밤 스스로에게 일러도 보았지만 지쳐 가는 건 어쩔 수가 없었다.

"남정네들 모임 때 시비가 있었다는 말 듣기 전부터 몸이 상해 국 자시러 오는구나 하고 내 혼자 어림해 왔지. 장살 오래 해 보이 몸 허한 사람하고 몸 상한 사람하고는 다른 기 보이거든. 이번에 나온 말 듣고 그쪽 사연이 어렵다 싶었지."

노파는 여전히 밖을 보며 말을 이었다.

"맘 되고 몸 된 걸 두고 니끼 무겁네 내끼 무겁네 저울에 달 수야 없지만, 해방이다 전쟁이다 하는 통에 다친 사람이 어데 하나 둘이요? 내만 해도 전쟁 나고 같은 날 같은 시에 군대 나간 자석 하나는 죽고 하나는 생사도 모리요. 그러이 맘 굳게 묵고 사소. 내 같은 사람도 안 사요."

그가 쥐고 있는 숟가락에서 맑은 기름 몇 방울이 뚝배기 위로 떨어졌다. 흔들리고 떨리는 건 그의 마음이었다.

"마저 잡수소. 늙은이 또 일어나게 하지 말고."

그러면서 노파는 무거운 몸을 일으켜 주방으로 들어갔다.

옥구열은 눈물이 소리도 없이 국물에 떨어지는 걸 보았다. 그는 두 손으로 뚝배기를 들어 국물을 다 마셨다. 끝이 없는 시작이 어디 있으랴. 몸을 부지하고 세월을 버티지 않는다는 건 죄였다.

백발에 언제나 비녀를 찔러 단정한 구씨 할머니는 국밥집 옥호처럼 하동군 청암 사람이었다.

"사람 노릇 하는 기 어렵다는 말이 남의 사정 헤아리기 어려워서 그런 기다, 라는 생각을 한 적이 있소. 내가 그날 국 한 사발 더 떠 주며 힘내라 한 것도 그래서라. 남편이 산사람들 짐 지고 산에 한 번 올라간 기 부역죄가 돼서 많이도 맞았어. 지서 드나드는 거 보고는 친척이고 이웃이고 발을 딱 끊데. 내 맘이 돼 보몬 욕 본다 한마디 하면서 손도 잡아 주고 김치 한 보시기도 놔나 묵을 수 있을 낀데 말이요. 내가 와 이 일 하게 된 줄 아요? 남편이 방구들 지고 누웠을 때 내 손으로 키우던 개를 잡아 안 믹있나. 우쨌든 살아 볼라꼬 툭사발 바닥 긁는 소리 나게 그리 애타게 묵어도 어데를 잘못 맞았는지 결국 안 되데. 궂은 기억 다 묻어 뿌고 전쟁 뒤에 딸 하나 데꼬 부산 나와 묵고살자고 한 일이 이거라. 딸년은 인자 그만두라 하지만 시집 식구 모시고 사는 지 형편에 내가 우두커이 놀아 뭐 하겠노. 몸 된 게 맘 편치."

어쩌다 두 사람만 있을 때 구씨 할머니가 해 준 이야기였다. 옥구열도 어느 정도까지는 자신의 형편과 심경을 전하기도 했다.

그가 제일 견디기 어려운 계절은 겨울과 봄이었다. 시장 인근에서 연탄가스 중독으로 누군가가 쓰러지면 사람들은 그의 가게로 달려왔다. 동치미 국물이 연탄가스 해독에 좋다는 말 때문이었다. 배추와 무를 다듬어 소금에 절이고 양념에 치대는 일이 힘이 들어도 김치와 열무 동치미 판매는 수입이 괜찮았다. 그는 새벽이고 아침이고 달려온 사람에게 살얼음이 둥둥 뜨는 동치미를 독에서 듬뿍 떠 주었다. 동치미를 주전자나 냄비에 담아 줄 때마다 그는 마음 한구석으로 달려드는 유혹에 괴로웠다. 잠든 채 그냥 목숨을 놓아 버리는 것. 식구 모두 돼지고기라도 한껏 구워 먹고는 방에 들인 연탄화로를 그대로 두고 자는 듯 가고 싶다는 유혹에 그는 자주 시달렸다. 복어알을 끓여 먹고 한 가족이 죽었다는 소식을 들었을 때, 그는 생선가게를 지나며 자신도 그런 생각을 하게 되는 건 아닌지 하고 깜짝 놀라기도 했다.

그렇지만 그는 혼자도 죽을 수가 없었다. 자신의 죽음은 생명의 존엄이나 남겨질 가족 걱정을 떠나 지금 당하고 있는 부당함을 고스란히 인정하는 행위가 되기 때문이었다. 그 짓은 돌아가신 부친을 '북한괴뢰의 동조자'이자 '대한민국의 충실한 국민이 아닌 사람'으로 인정한다는 의미이기도 했다. 그리고 그 자신을 반국가 사범으로, 포목상 송 씨 말대로라면 유족회 일을 한 게 빨갱이 짓이었다는 걸 인정하는 꼴이었다. 그런 생각은 강박관념이 되어 그를 압박했다. 그의 헐벗은 생존은 전적으로 내가 한 일이 북한괴뢰를 이롭게 한 게 아니라는 강박관념에 매달려 있었다.

재판을 받는 동안 유족회 사람들의 가장 큰 관심은 '경상남북도 피학살자 유족회사건' 재판 결과였다. 전국유족회는 별건으로 처리되지 않고 지역별로 다루어졌기에 경상남도와 경상북도 회장과 부회장 등이 피고가 된 심판부 제5부의 판결결과가 보도연맹원과 유족회에 대한 성격을 결정짓는다고 볼 수 있었다. 옥구열이 조금 전에 부친을 두고 떠올린 구절들도 그때 들었던 '경상남북도 피학살자 유족회사건'의 1심 판결 이유 중의 한 부분이었다. '이상 종합하여 심안하니 북한괴뢰의 동조자였던 보련원 및 국가보안법 기 미결수의 피살은 불법에 의한 것이라 할지라도 반공을 국시로 하는 대한민국의 충실한 국민이라고 할 수 없을진대…….' 보련원에 대한 학살이 불법에 의한 것이란 표현이 천만다행스럽기는 해도 그들에 대한 성격 규정은 결과적으로 충실한 국민이 아니라는 것이었다.

그걸 바루지 못하고 죽을 수는 없었다.

"사람이 살면서 말입니다, 사는 목적을 어데 돌에 새겨 놓듯 그렇게 유별나게 새기고 사는 경우는 안 드물겠습니까. 근데 제가 자꾸 그리 사는 거 같아 맘이 되고 고달픕니다."

어느 날 그의 말에 구씨 할머니는 이렇게 답했다.

"그기 다 원망이 자라 그런 기지. 그걸 우찌 지우고야 살 수 있겠노만은 그래도 지 몸 상할 일 말고 딴 사람 미워는 마소."

옥구열은 길을 건너 늘어선 자개농 가게들을 지나면서 김내과 간판을 찾았다. 가슴이 아파 인근에서 명의로 소문난 그곳을 찾았던 구씨 할머니는 그 길로 부산대학 병원으로 옮겨져 하루 만에 돌아가셨다. 할머니는 심장병을 숨기고 있었던 것이다. 범어사 입구 건너 공원묘지까지 따라간 그는 그녀의 심장병이 먼저 간 영감님과 자식에 대한 그리움이거나 만나지 못하는 아들에 대한 안타까움, 잘못 만난 시절에 대한 원망에서 온 거라고 생각하며 혈육 같은 마음으로 많이도 울었다. 할머니는 옥구열에게 그랬던 것처럼, 남에게는 넉넉했으면서도 막상 자신에게는 넉넉하지 못했던 것일까. 그러고 보니 그게 작년 겨울이었다.

아무리 세상과 눈이 바로 마주치는 게 마뜩찮아 제 그림자만 내려다보며 걸어도 만나는 사람은 있는 것이었다. 어쩌면 한용범에게 망자가 된 박대호 영감도 그런 이가 아니었나 하는 생각이 들었다. 다만 박 영감이 같이 밟는 땅을 갈아먹고 사는 인연으로 그 무서운 첩보대를 찾았다면, 구씨 할머니가 그에게 베푼 속 깊은 정은 인간사의 깊이를 보여 주는 것일 터였다.

옥구열은 대로에서 벗어나 새 건물을 짓고 있는 봉생병원 뒷길로 들어섰다. 목발을 짚은 환자 몇이 길에 나와 한가로이 담배를 피우고 있었다. 오던 길을 따라 부산진역 앞의 경찰서에서 꺾어도 투표소인 수정국민학교에 닿겠지만 뒷길과 골목을 따라가도 그곳에 갈 수 있었다. 어느 길이 발품을 덜 파는지에 상관없이 그의 발걸음은 본능처럼 뒷길을 찾은 것이다.

세무서가 보이는 대로에 들어서자 확성기 소리가 들렸다.

"동구 구민 여러분, 오늘은 국민투표일입니다. 국가의 존망을 결정짓는 국민투표에 한 분도 빠짐없이……."

방송차는 성당 앞을 통과해 산복도로로 올라가고 있었다. 그는 현수막이 바람에 펄럭이는 교문을 지나 운동장으로 들어섰다. 모래바람이 한차례 피어올랐다. 그는 걸음은 잠시 멈추었지만 등을 돌리지는 않았다. 모래바람 때문인지, 흐릿하게 퍼져 오른 해 때문인지 학교 건물이 어둑하게 가라앉아 보였다. 그의 내심이 착시로 작용했을 것이었다. 그래도 등을 돌리지 않은 것은 그가 가야 할 길이었기 때문이었다. 가장 깊은 어둠 속에 밝음이 있을 것이었다.

밤하늘에 새기다

1979

시위는 산발적이었다. 시위대는 하나로 모여 대로로 진출하지 못하고 시내 곳곳에 흩어져서 시위를 벌이고 있었다. 어느 골목에선가 학생들이 우 하는 함성과 함께 대로로 몰려나오면 그걸 신호 삼아 다른 샛길에서 학생들이 합세했다. 그렇게 잠시 물결을 이루었다가 경찰 기동대가 달려오면 제자리로 돌아가는 그런 시위형태였다.

옥구열은 세명약국과 전신국이 좌우로 보이는 길 건너편에 서 있었다. 지금껏 그는 부산시에서 번화가로 꼽히는 남포동 샛길과 미화당백화점을 지나 여기까지 왔다.

시내 분위기가 심상찮다는 것은 부산데파트 앞에서 버스를 내렸을 때부터 알 수 있었다. 옆구리가 휘말린 타원형 시청건물을 바라보며 광복동 입구에 다다랐을 때 경찰차가 길을 막고 교통순경들이 차량을 통제하고 있었다. 진압장비를 갖춘 한 무리 기동대원도 앉거나 서 있었지만 보행자들의 통행을 막지는 않았다. 사람들은 차도로 내려서 마음껏 활개치듯 걸었고 양복점과 카메라점, 전자상가들도 문을 활짝 열어 두고 영업을 계속했다. 어딘가 긴장된 듯하면서도 매우 산만한 분위기가 가을바람을 타고 흘러 다니고 있었다.

옥구열은 어제 대학생들의 시위 소식을 듣고 깜짝 놀랐다. 민주화운동이 좀처럼 활로를 찾고 있지 못한 데다 그동안 부산의 대학가에서는 반정부 시위가 없었기 때문이었다. 그가 처음 들은 말은 부산대학교 학생들이 교내에서 온천장까지 나왔다가 해산되었다는 것이었다. 그리고 얼마 뒤 부산대학교 학생들은 물론 동아대학교 학생들까지 삼삼오오로 남포동에 모여든다는 소문이 돌았다. 사람들이 쉼없이 드나드는 시장은 살아 있는 방송 그 자체였다. 밤이 되자 데모를 목격했다는 사람들이 나오기 시작했다. 옥구열은 당장이라도 버스를 타고 시내로 나가고 싶은 충동을 이기며 밤을 지샜다.

오늘 새벽 물건 하러 나간 도매시장에서 들은 소리는 더 충격적이었다. 지난밤의 시위로 파출소 몇 군데가 파손되고 경찰차도 불에 탔다는 것이었다. 어떤 사람은 동아대생들이 경남도청 청사에 돌을 던졌다는 말을 전하기도 했다. 오후 들면서 대학생들이 다시 시내로 모여든다는 말을 듣고부터 그의 심사는 더욱 바빠졌다. 시내로 나가 현장을 보고 싶은 마음과 그냥 무심한 척 오가는 이야기만 들어야 한다는 갈등 때문이었다. 그는 근래 몇 년 동안 자신에 대한 사찰방법에 변화가 있음을 지각하고 있었다. 무엇보다 장소조차 알 수 없는 대공부서로 불려가지 않은 게 가장 큰 변화였고 관할 경찰서 정보과에서 부르는 횟수도 현저히 줄어들고 있었다. 그렇지만 망원이라고도 불린다는 경찰 정보원의 눈이 사라졌다고는 자신할 수 없는 데다 몸속 깊이 배인 피해의식이 씻어질 리도 없었다.

옥구열은 결국 자신의 의식과 몸이 원하는 바를 따르기로 했다. 차를 타면 30분 내에 갈 수 있는 곳에서 벌어지고 있는 시위를 눈으로 직접 보는 것이야말로 형편없이 굴절된 자신의 인생에 대한 당장의 임무라는 생각이었다. 그는 광복로를 얼마 걷다 남포동 골목으로 빠졌다. 미화당백화점 쪽으로 내처 가기보다 사잇길을 에둘러 가는 게 나을 듯했던 것이다. 그가 들어선 골목에는 우동집과 잔술집들이 어깨를 기대고 그 자리에 있었다. 건물들의 모습이 조금씩 달라지고 간판만 바뀌었을 뿐이었다. 5·16쿠데타가 일어나던 날 밤, 이 골목에서 동래지역유족회 사람들과 술을 마시던 기억이 도라지 위스키의 독한 맛으로 되살아났다. 그날 이후 자신은 물론 모든 유족회 임원들의 인생은 망가졌다. 무려 18년. 30대 장년이었던 자신이 50 중반의 중년이 되도록 긴 세월이었다. 쓰린 위산이 몸 속 깊은 곳에서 목을 타고 올라왔다. 몸에 달고 사는 십이지장궤양은 그에게 소화기 질병이 아니라 신고의 세월 그 자체였다.

양화점들이 몰려 있는 구두골목으로 들어서자 갑자기 길이 좁을 정도로 사람들이 넘쳐났다. 보통 때도 붐비는 길이지만 오늘은 걸음을 떼기가 어려울 정도였다. 대학생들로 보이는 젊은이들이 유독 눈에 많이 띄었다. 어깨를 부닥치며 걷는 사람들은 활기차고 소로는 들뜬 듯 부풀어 오르는 분위기였다. 그때 바람 같은 소리들이 흘러나왔다. 우우, 우우, 나가자! 저편 어디에서 시작된 함성이 뒤로 이어지며 옥구열의 주위에 있던 젊은이들이 삼삼오오 줄을 이루었다. 박수 소리가 파도처럼 넘치면서 그 복작이던 길이 순식간에 물결 갈라지듯 갈라졌다. 시민들은 상가 앞과 노점상 쪽으로 바싹 붙어 서고 길 가운데로 모인 학생들이 걸음을 빨리했다. "유신 철폐!" 구호소리가 앞에서 흘러나왔다. "독재 타도!" 뒤쪽 학생들이 후렴같이 앞쪽 구호를 받았다. 옥구열은 엉겁결에 밀려 선 음식점 문 앞에서 그 소리를 들었다. 머리가 뜨거워지고 몸이 떨려 왔다. 환청이 아니었다. 뒤처져 시위대의 꽁무니를 따르는 젊은이 몇이 그의 앞을 뛰어가며 독재 타도를 외쳤다. 실감은 옆에 선 사람들의 목소리로 확인되었다.

"인자 시작이네."

"어제보다 더 많이 모였제?"

문을 열고 나온 음식점 종업원들이었다.

잠시 뒤 학생들이 길 안으로 뛰어 들어왔다. 대로로 나가려다 경찰에 밀린 모양이었다. 뒤쪽에 섰던 학생들이 가쁜 숨을 다듬으며 그가 서 있는 쪽으로 다가와 가게 진열장을 보거나 노점상 앞에서 물건을 구경했다. 행인들 속에서 그들은 그냥 나들이 나온 젊은이들일 뿐이었다. 시위 형태를 짐작하고 옥구열은 고개를 끄덕였다. 시내 중심가를 학생들이 시위장소로 택한 것은 절묘해 보였다. 광복동 대로를 가운데 두고 남포동과 충무동, 그리고 대청동 쪽의 간선도로가 에두르고 있는 시내는 거미줄 같은 소로들로 연결되어 있었다. 거기다 국제시장 일대는 부산에서도 가장 번잡한 지역이었다.

옥구열은 다시 인파가 복작이는 길을 따라 극장가로 걸어갔다. 기동경찰대는 부산극장 사거리에 진을 치고 있었다. 샛길을 빠져 광복로로 나오자 창선파출소 앞에도 그들이 보였다. 옥구열은 미화당백화점 앞을 지나며 얼핏 파출소 쪽을 보았다. 어젯밤에 파손되었다는 곳이었지만 한눈에 파손 정도를 살필 수는 없었다. 그는 미 문화원 방향으로 조금 걷다 국제시장 쪽으로 꺾었다. 어느 길이든 사람들로 넘쳐났다.

갑자기 저편 어느 쪽에서 박수소리가 들리며 함성이 일었다. "유신 철폐!" 그가 걷고 있는 길의 인파 속 젊은이들이 순식간에 구호가 울리는 쪽으로 몰려갔다. 옥구열은 그들을 보며 큰자식을 생각했다. 군에만 가지 않았다면 저 젊은이들 속에 자신의 아들 녀석도 틀림없이 섞여 있을 것이었다. 자식들에게 그는 죄인이었다. 사내인 큰자식만 겨우 대학에 갔을 뿐 큰딸은 마산의 한일합섬에, 작은딸은 야간 여상만 나와 작은 회사에 다니고 있었다. 밑의 동생들을 위한 희생이었다. 그러므로 시위를 보고 있는 그의 심사는 복잡하면서도 단호할 수밖에 없었다.

그렇게 국제시장 언저리 골목을 걷다 옥구열은 대로로 나와 전신국과 세명약국 건너편에 섰다.

도로 양편은 구경하는 일반시민들로 가득했다. 몰려든 사람들로 점포 입구가 거의 막혀 있다시피 한데도 문을 닫은 가게는 거의 없었다. 그가 걸음을 멈추고 있는 건물의 1층은 여성복점과 와이셔츠 대리점, 2층은 다방, 3층은 레스토랑이었다. 눈길을 다시 거리로 두었을 때 국제시장 쪽 골목에서 인파가 물결같이 출렁였다. 웅성거리는 흐름 속에 젊은이들의 모습이 눈에 띄고 구호와 더불어 큰 물결이 대로로 흘러들었다. 구호를 외치는 소리가 확연해졌을 때 웅성대는 흐름은 대열을 이루었다. 다른 골목길에서도 젊은이들이 몇십 명씩 뛰쳐나와 대열에 합류했다. 구호소리는 대열이 내딛는 걸음을 박자로 하여 높아졌다.

"유신 철폐!"

"독재 타도!"

박수가 터져 나오고 "힘내라!"라는 소리가 들렸다. 대열은 곧 뒤로 밀렸다가 잠시 뒤 인파 사이로 파고들어 여러 갈래의 샛길로 사라졌다. 조금 멀리서 기동경찰들이 달려오는 게 보였다. 어디서 시작되었는지 "우!" 하는 야유가 터져 나왔다. 야유는 경찰 병력의 위치에 따라 토막 나면서 물결로 이어졌다. 그때까지 대로에서 버티던 학생들이 인파 사이로 헤집고 들어왔다. 그들 중 너댓 명이 옥구열이 서 있는 인도로 흘러들었다.

"올라가!"

"위로 올라가!"

바쁘게 소리친 어른들이 네 명, 다섯 명씩 겹겹이 다방 입구를 막아섰다. 옥구열도 몇 사람과 함께 계단 위에 섰다. 기동대 선두가 점포 앞에 멈췄다. 학생들의 꽁무니를 본 게 틀림없었다. 그들은 호흡을 가다듬으며 입구에 서 있는 사람들을 바라보았다. 시민들은 주눅들지 않고 자리를 지키면서 그들에게 차가운 시선을 던졌다. 경찰은 어쩔까 망설이다 돌아섰다. 다른 병력들도 골목길까지 뒤쫓지는 않았다. 그들은 대열을 지어 천천히 물러났다. 잠시 동안 텅 빈 대로에 정적이 감돌고 그 정적을 기다렸다는 듯 재빨리 어스름이 내렸다. 가로등이 켜지고 네온사인에 불이 들어와도 어둠이 주는 모호함과 익명성은 짙어만 가고 인파들로 넘치는 거리는 언제 불씨가 던져질지 모르는 휘발성으로 가득 차오르고 있었다.

옥구열은 국제시장 사거리에서 왕자극장 방향으로 길을 꺾었다. 길 하나 건너지만 제일극장 쪽과 달리 당구장을 비롯한 유기장들이 몰려 있어 왕자극장 주위는 청소년들이 많이 찾았다. 또한 식품가게와 대중식당이 몰려 있는 부평동 시장 입구와 맞물려 평소 서민들의 활기찬 에너지가 넘쳐흐르는 곳이었다. 마산에서 이웃으로 살던 이가 시장에서 식당을 하고 있었다. 어쩌다 국제시장에 나왔다 식사 때가 맞으면 들르는 집이었다.

"오랜만이네예."

음식을 나르던 바깥주인이 인사했다. 너댓 명의 손님들이 자리를 차지하고 있었다.

"오는 날이 장날이라더니, 꼭 그 모양입니다."

옥구열은 빈자리에 앉으며 말을 붙였다.

"사람이 끓어야 장사도 잘 되이 우리사 좋지요."

물통과 잔을 가져오며 바깥주인이 답했다.

"학생들하고 구경 나온 사람들뿐인 것 같은데요."

"학생들도 배가 차야 힘이 나고, 금강산도 식후경이라고 시내 나온 사람들도 뭐라도 먹어야지요. 장사도 장사지만 가게들이 문을 열어야 학생들이 몸도 피하고."

"그도 그렇겠네요."

옥구열은 된장찌개를 주문했다. 소주를 반주로 식사를 하는 옆 자리 손님들이 이야기를 나누고 있었다.

"시내서 장사하는 사람들도 학생들 데모하는 걸 싫다 안 하니 경제가 안 좋기는 안 좋은기라."

"우리 같은 서민들 사는 것도 팍팍해졌지만, 그동안 너무 틀어 막았지."

"어제 장사하는 사람들이 학생들 숨겨 준다고 셔타 문 올리고 내리느라 바빴다니 민심이 무서운 거라."

"그래 말이야. 먹자골목 아줌마들이 학생들한테 김밥을 그냥 주었다잖아."

어제에 이은 오늘의 시위가 사람들을 들뜨게 하면서 입도 쉬 열게 하고 있었다. 1인 장기 통치를 가능토록 한 유신헌법 통과 이후 내리 9호까지 발표된 대통령 긴급조치는 박정희 정권에 대한 비방과 반대를 대한민국 헌법 자체를 반대하는 걸로 처벌할 수 있는 무소불위의 법이었다. 대학생들의 시위를 비롯하여 수많은 시국사건들은 전적으로 유신독재에 대한 반대, 곧 민주화 운동이었다. 학생은 물론 지식인과 언론인, 정치인, 천주교 사제, 문인들의 구속이 줄을 이었다.

생각해 보면 옥구열 자신에 대한 사찰이 느슨해진 것은 유신정권 이후 공안당국의 주된 관심이 민주주의 회복을 주장하는 학생들과 지식인들에게 쏠려 있었기 때문일지도 몰랐다. 그건 결국 유족회 간부들에 대한 탄압이 5·16쿠데타 성공의 담보부터 1972년 반영구적 독재정권이 성공적으로 들어서기까지만 필요했다는 의미일 수도 있었다.

옥구열은 조개국물이 시원한 된장찌개와 밥을 천천히 먹었다. 시간과의 싸움이었다. 지쳐 쓰러지지 않고 끈질기게 기다리는 것. 국물보다 속에서 끓어오르는 감회가 뜨거워 그의 이마에는 땀이 솟았다. 그때 멀리서 함성이 몰려왔다. 바람처럼 소리는 금방 가까이 들려왔다.

"이번엔 큰갑다."

"밤이 되었으이 어디든 뚫고 나갈걸."

옆자리 손님들이 식사를 멈추고 가게 밖으로 시선을 돌렸다. 옥구열은 벌떡 일어서고 싶은 마음을 억누르며 천천히 마지막 한 술까지 다 비웠다. 그리고 물로 입까지 헹구고서야 몸을 일으켰다.

"남포동 방면으로 버스가 아직 다닐란가 모르겠네요. 잘 가이소."

주인의 인사를 받고 밖으로 나오자 구호 소리가 하늘을 울렸다.

"유신 철폐!"

"독재 타도!"

몰려나온 인파 때문에 왕자극장 앞 큰길로 쉬 나갈 수가 없었다. 옥구열은 가까스로 길을 막고 선 사람들을 헤집고 앞으로 나갔다. 스크럼을 짠 시위대의 머리가 보였다. 선두는 어깨동무를 하고 충무동 육교 쪽으로 뛰어왔다. 몰려선 사람들이 박수를 치고, 옥구열도 박수를 쳤다. 처음으로 그의 입에서 유신 철폐, 독재 타도 소리가 흘러나왔다. 한 사람의 시민이면 되었다. 식당에서 소주를 마시며 할 말을 하는 국민이고 싶었다. 대로변을 물고 선 건물에 매달린 다방 간판이 보였다. 그는 몸을 빼서 삼층 건물을 찾아들었다. 다방 손님들과 종업원들 모두 창가에 붙어 서 있었다. 옥구열이 창에 섰을 때 선두는 이미 충무국민학교 맞은편에서 남포동 방향으로 꺾고 있었다. 국제시장 사거리에서 왕자극장 방면으로 몰려드는 시위대는 끝이 보이지 않았다. 구호와 박수소리, 시위대의 발걸음이 어둠을 밟아 지축을 흔들었다. 삼거리를 가로지른 육교로 시선을 돌렸을 때 육교를 가득 채운 사람들이 시위대에게 무언가를 던지고 있었다. 빵 봉지와 야쿠르트였다. 머리끝이 서고 몸이 떨리면서 눈시울이 뜨거워졌다.

1972년 11월 헌법 개정 국민투표 날, 투표장인 수정국민학교에 들어섰을 때가 떠올랐다. 그날 그는 모래바람을 피해 등을 돌리지 않았다. 흐린 날씨 때문에 학교 건물이 어둑하게 가라앉아 보인다고 생각하면서 가장 깊은 어둠 속에 밝음이 있으리라고 자신을 북돋았었다. 7년이 지난 지금 보고 있는 이 광경이 빛을 찾아가는 노정의 시작이었으면, 옥구열은 진심으로 그렇게 되기를 빌었다.

그날 옥구열은 부산역까지 걸었다. 버스를 타지 못한 많은 시민들이 걸어가고 있었지만 불평하는 소리는 들리지 않았다. 밤공기는 차지 않고 하늘은 맑았다. 부산역 앞에서부터 서면 방면으로 버스가 운행되고 있었지만 그는 내처 걸었다. 집과 가게가 있는 수정동까지는 먼 거리가 아니었다. 거리에 상관없이 걷기로 한 것은 자신의 마음과 몸이 발걸음과 함께 가벼워지고 있음을 알았기 때문이었다. 참으로 십수 년 만에 느껴 보는 자유였다. 자신의 온몸이 자유롭다는 걸 자각하고 있다, 고 생각하는 순간 갑자기 눈물이 쏟아졌다. 한번 시작된 눈물은 주체할 수 없이 흘러내렸다. 어쩔 수 없이 그는 침례병원 앞에서 걸음을 멈추고 손수건을 꺼냈다. 회한이어서는 안 된다. 내일을 위해 흘리는 눈물이어야 했다. 그는 하늘을 보았다. 구름 없이 맑은 밤하늘은 부드러우면서도 깊이를 헤아릴 수 없이 무한했다. 무한한 건 인간에 대한 신뢰, 자신이 사는 이 세상과 내일에 대한 믿음이었다.

걸음을 뗐을 때 구씨 할머니가 생각났다. 사는 목적을 돌에 새겨 놓고 살까 싶어 두렵다고 했을 때 할머니는 원망이 자라 그런 거라며 지우고 살 수는 없다고 했다. 옥구열은 오늘 밤 저 하늘에 단 하나의 마음은 새겨 두고 싶었다. 유족회 일이 반국가 행위가 아니라는 사실이 자기 생전에 밝혀지기를 소원하는 마음.

해설

슬픈 국민의 증언

구모룡(문학평론가)

처음으로 그의 입에서 유신 철폐, 독재 타도 소리가 흘러나왔다. 한 사람의 시민이면 되었다. 식당에서 소주를 마시며 할 말을 하는 국민이고 싶었다.

이 소설은 살아남은 이들의 슬픈 이야기이다. 1950년 한국전쟁이 발발하자 후방지역에서 잠재적인 적으로 규정된 사상범들이 구금되고 처형된다. 내전이라는 '예외상태'에서 초법적인 이데올로기 폭력이 자행되는 가운데 도처에서 부당한 희생자들이 속출한다. 적에 응전하는 하나의 국민을 만들려는 국가의 전체주의적 목적이 폭력을 통한 사회통합으로 실행된 것이다. 그 어느 경우보다 폭력수단을 통제하는 주권이 완벽하게 행사되는 곳이 전장이다. 전면전의 상황에서 적과 교전하고 있지 않는 후방도 전장과 다를 바 없이 “또 다른 형태의 전장”이 되고 만다. 이 소설 속의 무대인 “대진”이 그러한 곳이다. 소설 속의 ‘대진’은 여러 가지 정황에 비춰 “진영”일 가능성이 높다. 작가는 소위 “진영 민간인 학살사건”을 서술하고 있다. 그렇다면 “진영”을 “대진”으로 바꾼 의도가 무엇일까? 일차적으로 이 작품이 가공된 소설임을 말하고자 한 데 기인한다. 이는 소설 속에 등장하는 인물들이 실제인물의 이름을 달고 있지 않은 사실과도 연관된다. 증언자들의 진술이 소설의 토대가 되었지만 작가는 이 소설이 그러한 증언을 재구성한 허구라고 말하려 하는 것이다. 이러한 작가의 의도가 증언자들을 보호하기 위한 장치를 만들려 한 것이라고 간주하는 것은 소박하다. 아우슈비츠에서 살아남은 프레모 레비는 자전적 소설을 통해 자신의 경험을 이야기하고 있다. 『밤의 눈』에서도 처형 현장에서 살아남은 ‘한용범’이 있다. 만일 그가 프레모 레비처럼 자기의 이야기를 글로 남길 수 있었다면 보다 직접적인 발화가 되었을 것이다. 그러나 세계사적 악의 토포스인 아우슈비츠와 국민-국가의 배제와 통합의 경계는 서로 다른 경험의 대상이다. 국가의 상태에 따라서 감시와 처벌을 지속적으로 경험하는 ‘한용범’은 끝없이 자신의 지위를 회수하는 국가의 슬픈 국민일 뿐이다. 이는 아버지를 잃은 ‘옥구열’이 소설의 결말에서 드러낸 생각과도 연관된다.

걸음을 뗐을 때 구씨 할머니가 생각났다. 사는 목적을 돌에 새겨 놓고 살까 싶어 두렵다고 했을 때 할머니는 원망이 자라 그런 거라며 지우고 살 수는 없다고 했다. 옥구열은 오늘 밤 저 하늘에 단 하나의 마음은 새겨 두고 싶었다. 유족회 일이 반국가 행위가 아니라는 사실이 자기 생전에 밝혀지기를 소원하는 마음.

소설이 끝나는 시간이 1979년 부마항쟁이 전개되는 시점이라는 점에서 "유족회 일이 반국가 행위가 아니라는 사실이 자기 생전에 밝혀지기를 소원하는 마음"이 간절한 바 있다. 4월 혁명과 함께 형성된 유족회 활동이 "반국가 행위"로 규정된 것은 5·16 군사쿠데타 이후이다. 그리고 유신체제 내내 '한용범'과 '옥구열'은 구금과 고문과 감시의 대상이 된다. 국가 감시체제의 "표적"이 된 이들은 국민 속의 비국민이다. 국가의 상태(주디스 버틀러는 "국가state는 상태state"라고 영어의 state의 의미를 들어 설명한다. 그만큼 국가와 개인의 상태가 밀접하다는 의미이다.)에 따라 이들의 사회적 위치나 실존적인 위상이 크게 뒤바뀐다. 긴급조치와 같은 비상사태의 자발적인 창출을 통하여 정치체제에 통합시킬 수 없는 시민들을 배제하고 감금하는 상황이 계속되었기 때문에 이들은 줄곧 침묵할 수밖에 없다. 이처럼 강요된 침묵을 뚫고 '증언의 영역'이 형성되는 것은 주권이 국민에게 되돌려지고 국민의 자유가 보장되는 때이다. 4월 혁명 후 1년간이 그러한 시기였는데 이를 경험한 '옥구열'이 부마항쟁의 열기 속에서 그 기억을 되살리고자 한다. 시위대와 함께하면서 다시 자유의 공간이 열리는 것을 경험하였기 때문이다.

> 참으로 십수 년 만에 느껴보는 자유였다. 자신의 온몸이 자유롭다는 걸 자각하고 있다, 고 생각하는 순간 갑자기 눈물이 쏟아졌다. 한번 시작된 눈물은 주체할 수 없이 흘러내렸다. 어쩔 수 없이 그는 침례병원 앞에서 걸음을 멈추고 손수건을 꺼냈다. 회한이어서는 안 된다. 내일을 위해 흘리는 눈물이어야 했다. 그는 하늘을 보았다. 구름 없이 맑은 밤하늘은 부드러우면서도 깊이를 헤아릴 수 없이 무한했다. 무한한 건 인간에 대한 신뢰, 자신이 사는 이 세상과 내일에 대한 믿음이었다.

이 소설의 주제의식이 고스란히 담긴 대목이다. 증언의 영역은 저항의 수행에 의해 형성된다. 그러나 압도적인 억압과 감시하에서 저항은 차치하고 그 어떠한 말과 행위도 폭력으로 이어질 가능성을 안게 된다. '한용범'이 해방 이후 국가 만들기의 과정에서 행한 발언과 선택이 그를 구속하는 족쇄가 되고 '옥구열'이 아버지의 신원을 회복하려는 노력들이 '빨갱이'의 표지가 되고 있는 것이다. 이들에게 일상과 생활은 살얼음판을 걷는 것과 같다. 국가는 이들을 폭력의 지배하에 놓인 타자로 둠으로써 이들과 분리된 국민의 통합을 유지하려 한다. 그러나 이러한 국가 폭력이 시민적 저항에 직면하는 순간 이들에게도 폭력에 대항할 가능성의 지평이 열리는 것이다. 다시 말해서 국민이 주권을 되찾음으로써 국가체제의 변혁이 이루어지고 국가가 자행하던 폭력 또한 중단되는 것이다.

'대진'에서 민간인에 대한 구금과 처형이 시작되는 것은 전쟁이 발발하고 서울이 함락되면서 정부와 군대가 후퇴하는 과정에서 비롯한다. 그러나 전쟁 이전에 이미 국민-국가 내부에 많은 타자성의 색인이 만들어져 있었다. 남한과 북한이 각기 단독정부를 구성하면서 양쪽 모두 소위 중도좌파 혹은 중간파의 설 자리는 부족하였다. 이승만 정권은 통치권과 폭력수단을 독점하면서 합법적으로 반대자들을 감시하고 통제하기 위하여 '국민보도연맹'을 결성하였다. "국민을 보호하고 지도한다"는 의미를 지닌 이 말 속에서 우리는 국가권력이 국민 위에 군림하는 체제의 일단을 이해할 수 있게 된다. 자유와 권리의 주체로서의 국민이라는 개념이 없는 가운데 국가가 정치적 주체가 되는 기형적 양상을 보이고 있는 것이다. 이럴 때 국민은 국가의 통치에 맹목적으로 충성하는 세력의 전유물이 되고 만다. 해방공간에서 인민과 국민의 개념적 각축이나 4월 이후 민족, 민중, 시민 등 다양한 개념으로 정치적 주체를 규정하는 일이 벌어지게 되는 것은 당연하다. 모두 국가의 정당성이 부족한 가운데 강요된 국민의식을 해체하는 과정이라 할 수 있다. '대진'은 1950년 한국전쟁 당시 국가의 상태를 보여주는 축도라고 할 수 있다. 국가의 명령에 따라 예비검속이 이뤄지고 아무런 법적 절차 없이 '적에 동조할지도 모른다'는 가능성만으로 학살이 진행된 것이다.

소설의 대부분을 차지하는 2부는 '대진'에서 자행된 민간인 학살의 전말을 이야기하고 있다. 경찰에 의한 예비 검속과 군대의 주둔, 민간인에 의한 준군사기구-의용경찰대, 청년방위대 구성과 군경과 민간 기구-국민회, 대한청년단 등을 연합하는 비상시국대책위 결성 등이 이뤄진다. 말하자면 폭력적인 국가기구와 정권에 충성하는 민간세력이 비상사태, 혹은 예외상태를 빌미로 지역의 권력을 장악한 것이다. 대다수 일제강점기에 일본군에 복무하였거나 경찰의 이력을 지닌 이들은 국가의 지시에 따라 신속하게 후방을 내전의 상황으로 치환한다. 국민보도연맹 가입자와 국가의 정당성에 의문을 지닐 법한 지역인사들을 가차 없이 배제하는 폭력을 행사한 것이다. 이들은 지역 내부의 정치적 반대자들은 말할 것도 없고 기존의 정치체제에 통합할 수 없는 모든 사람들의 절멸을 도모하려 한다. '옥구열'의 아버지 '옥수한'은 중도좌파에 속한다. 일제 때 농민조합 운동으로 구금되고 해방 후 전국농민조합총연맹 일을 하면서 몽양 여운형을 지지한 사람이다. 이승만 정권을 반대하지만 민주국가에서 당연히 있을 수 있는 일이라 생각한 그는 어찌 보면 낙관주의자에 가깝다. '남을 만해서 남았다'는 그이지만 보련원으로 예비검속되어 처형된다. '민지태 원장'은 아버지의 친일 행위에 대한 대타의식으로 유학시절 사회주의에 동조하고 해방 이후 경상남도 인민위원회에 이름을 올리게 되지만 의술로 민중을 돕겠다는 생각을 지닌 사람이다. 그러나 그의 선한 의지는 엄혹한 정세하에서 보도연맹원이라는 사실 이외에 아무런 것도 고려의 대상이 되지 못한다. 보도연맹에 가입하지 않은 지역인사로 우익 국가주의자들의 표적이 된 이는 '한용범'과 '남상택 목사' 등이다. '한용범'은 조부 때 대진으로 들어와 지역민에게 후한 인심을 얻은 지주계급 출신으로 이승만 정권에 호의적이지 않지만 합리적인 중도파 인사다. 그는 일본 유학을 했지만 사회주의 사상에 경도되지 않았을 뿐 아니라 건국준비위원회에 참여한 것을 제외하면 정치적 입장을 나타내지도 않았기에 보도연맹 가입을 끝내 거부하였다. 이러한 '한용범'을 제거하려는 것은 지역 권력의 완벽한 재편으로 후일 있을 불안을 사전에 차단하려는 우익 측의 의도와 연관된다. 고문과 허위사실로 옭매여 처형장에 섰다가 구사일생으로 살아남지만 그는 자신의 생존이 누이동생 '한시명'의 대살로 이어지는 불행을 경험한다. 중간파로 분류된 '남상택 목사'는 공동체 신학 혹은 민중신학의 실천가라 할 수 있다. 일찍이 야학에 관심을 가지고 아이들을 가르치기도 한 그는 일본 유학 후에 농촌사회 개혁과 교육 사업을 전개한 지식인이다. 그 또한 좌익으로 몰려 처형되고 만다.

'대진'에서 전개된 집단학살은 단지 전시체제하에서의 억울한 죽음만을 이야기하는 것은 아니다. 국가는 폭력이 행사되는 대상으로 내부의 적을 설정함으로써 전장 동원을 수행한다. 예외상태에서 자행되는 폭력은 근본적으로 살아 있는 자들을 통치의 질서 속에 포섭하려는 의도를 지닌다. 따라서 국가는 전장에서 죽은 이들을 분류하여 어떤 이들은 기억하고 어떤 이들은 망각할 것을 요구한다. 적과 싸우다 전사한 이들은 국민의 이야기로 기념되지만 '대진'에서 죽은 이들은 이러한 국민의 이야기와 다른 이야기로 남게 된다. 증언의 영역은 그들을 희생자로 기억하는 데 있지 않다. 그보다 어떠한 서술의 위치에서 이야기하는가의 문제가 중요하다. 이러한 점에서 이 소설에서 저항이 발생하는 지점이 서술되고 있지 못한 것을 지적할 수 있다. 이것은 이 소설이 가해자와 피해자의 이분법적 구도로 짜여진 데 기인한다. 물론 '박대호'와 '성시천'이 차지하는 의미는 적지 않다. 방위대장에게 '한용범'을 상급기관으로 보내 정당한 조사를 받을 수 있게 요청한 '박대호'의 행위는 용기 있는 휴머니즘의 발로라 할 수 있다. 처형 직전에 탈주하여 '남상택 목사'의 처형을 증언한 '성시천'의 행동 또한 저항의 한 형식이라 할 수 있다. 그러나 이들의 행위들은 근본적으로 국민-국가의 이데올로기로 회수된다. '대진'에서 행해진 불법적인 민간인 학살에 대한 계엄당국의 조사를 이끌어내었지만 지서 주임 '이주호' 한 사람에게 전적인 책임을 묻는 것으로 귀결됨으로써 한계를 지니게 된다.

이 소설에서 여성들의 수난은 그리 큰 비중을 차지하는 것은 아니다. 그럼에도 여성들은 한결같이 성적 지배의 대상으로 타자화되어 있다. 국가주의자들이 주체성을 독점한 전장에서 여성의 주체성이 설 자리는 협애하다. '한시명'과 같이 강간과 성적 폭력에 시달리다 처참하게 살해되는 이가 있는가 하면 '양숙희'처럼 생존을 위하여 자신의 몸을 남성에게 의탁할 수밖에 없는 처지에 놓이는 여성도 있다. 경우에 따라 죽은 남편이 부여한 '빨갱이 여자'라는 강렬한 낙인 때문에 강제수용소에서 풀려나는 경우도 있다. 이처럼 전장에서 여성은 '빨갱이'와 마찬가지로 법적 영역에서 축출되어 남성의 폭력적인 사적 지배의 그늘에 놓이게 된다. 인간의 보편성이 사라지고 오직 하나의 파시즘적인 주체성이 작동하는 현실에서 여성은 주체성을 상실하고 대상적인 것으로 전락할 뿐이다. 물론 남편의 부역이 운명이 되어 국밥집을 하는 '구씨 할머니'로 대표되는 여성적 생명성과 보살핌의 윤리가 은연중 소설의 결미에서 드러나긴 한다. 그럼에도 전반적으로 이 소설에서 여성은 가부장적인 남성에 의해 지배당하는 대상, 국가 폭력의 타자들로 그려진다. 사회적 약자들의 연대라는 문제는 인간적인 공감과 위로의 차원을 넘어서지 못한다.

이 소설에서 가장 큰 비중을 차지하는 것은 앞에서도 말했듯이 1950년 '대진'에서 자행된 민간인 학살사건이다. 2부의 생생한 증언이 이를 뒷받침한다. 그런데 치안이 안정되기 시작한 시기에 열린 재판은 '남 목사'와 '한시명' 불법 처형 건을 심의하게 된다. 실제 미국의 이목을 의식하여 열린 재판에서 중심사건은 '남목사 건'이다. 군법회의는 이들 두 사건을 재판에 회부함으로써 여타 민간인 학살에 대한 면죄부를 발부한다. 아울러 국가의 책임이 아니라 지방에서 이루어진 권력투쟁의 한 양상으로 규정한다.

이번 사건의 본질은 1948년 5·10선거 이래 지방 세력을 장악하는 데 혈안이 되어 온 피고인들이 시국의 급박함을 기화로 같은 우익의 중진인 남 목사 등을 무리하게 좌익으로 몰아 처형한 데 있다. 또한 이번 사건은 피고인들이 시국을 빙자하여 만든 사설단체의 폐해를 적나라하게 보여 준 바, 본인은 이미 도내 시장, 군수, 경찰서장 및 기관장회의에서 군 작전에 직접적인 필요성이 없는 일체의 사설단체 해산을 명한 바 있다. 군관민의 일체단결과 상호신뢰가 절대적으로 요청되는 이 시국에 불철주야 적의 격퇴에 힘쓰는 군과 경찰을 국민들로부터 이간시켰다는 점에서 도저히 용서할 수가 없다, 라는 요지의 발언이었다. 그는 수사가 진행 중일 때 이번 사건에 대한 경고성 담화문을 발표한 적이 있었는데 오늘 발언도 그때 발표한 내용과 거의 유사했다.

이처럼 '남 목사' 사건을 공적인 재판의 과정으로 불러냄으로써 여타의 학살은 합법화된다. 좌익에 대한 척결은 정당하지만 '남 목사' 처형은 오류라는 것이다. 순전히 명령을 한 자의 사적 오류라는 평결이다. 이리하여 지서 주임 '이주호'만 사형되고 명령 계통을 따른 여타 인물들은 면죄부를 받는다. 이들의 행위가 모두 애국주의의 발로라는 것이다. 전장의 기억은 왜곡된다. 타자로서 살해당한 자들의 죽음을 국가와 국민을 위하여 피할 수 없었던 일로 처분함으로써 학살의 기억을 망각의 과정으로 바꾸어 놓는다. 이러한 현실을 도미야마 이치로는 '귀기 어린 국민적 상상력'이라고 하였던가? 그래서 증언의 영역은 국민적 상상력에 의해 봉인된 또 다른 국민의 이야기를 하는 데서 시작한다. 이 소설의 의도가 바로 봉인된 기억을 열어 증언의 영역을 만들고자 한 데 있다.

전장의 기억을 예외적인 이상상태로 분리하여 망각하는 것은 옳지 않다. 이 소설의 1부와 4부가 말하듯이 국가는 언제든지 예외상태에 준하는 합법적 내전을 감행하려 한다. 비국민으로 낙인찍힌 이들에 대한 감시와 처벌은 매우 지속적이다. 연좌제의 적용뿐만 아니라 언제든지 타자로 배제될 수 있는 잠재적 가능성을 감수하고 살아야 한다. 5·16군사 쿠데타 이후 '한용범'과 '옥구열'은 전장에서의 벌거벗은 생명은 아니지만 끊임없이 육체적으로 말살될 수 있다는 위협에 시달리게 된다. 예외상태가 통치술이 된 군사통치체제에서 이들이 폭력통치의 손아귀에서 벗어날 길은 없다. 오직 체제의 변혁이 이들의 출구가 된다. 3부에서 말하듯이 1960년 4월 혁명으로 유족회를 만들고 진상규명에 착수할 수 있었던 것이다.

부친의 죽음은 그가 군에서 제대한 뒤에야 비로소 구체적인 문제로 다가왔지만 막상 할 수 있는 일이라고는 기일을 정해 제사를 모시는 것밖에는 없었다. 그것도 사망 날짜를 정확히 알 수 없어 지서에 붙들려 간 날을 기일로 하고 가족끼리만 간소하게 지냈다. 피붙이를 잃은 다른 보련 유족들도 마찬가지였을 것이었다. 전쟁이 끝나고도 보련 가족들은 입을 봉하고 엎드려 살아야 했다. 그들은 빨갱이 가족이었다. 세상이 바뀌지 않고서는 피붙이들의 죽음은 땅 밖으로 나올 수 없었고, 가족들의 비통함과 억울함도 호소할 데가 없었다.

봉인된 기억을 증언의 영역으로 이끌어내는 것은 결국 국가의 상태에 달려 있다. 국가는 앤서니 기든스가 말하듯이 폭력의 구조다. 그것은 사법적이고 제도적인 구조이며 국민을 법적인 의무에 속박하는 조건 속에 가둔다. 그런데 이러한 국가는 국민에 대한 보호와 의무의 방식을 언제든지 바꿀 수 있다. 분리와 배제, 감금과 추방을 통하여 국민을 분해하기도 한다. 따라서 국민은 항상 유동적이다. 상상된 공동체에 불과할 뿐 불가능한 통일성을 지닌다. 4월 혁명은 국가가 국민을 구속하는 데서 벗어나 국가가 국민의 속박을 풀어주었다. '옥구열'과 '안치홍'과 '표지태' 그리고 한용범' 등 이승만 정권에서 추방된 좌익 연루자들을 한데 불러 모은 것은 빛나는 4월의 힘이다. 4월로 인하여 "그 여름을 말할 수 있는 시작"이 가능했던 것이다. 이들은 "시간의 무덤"에서 깨어나 "새로운 시간의 문"을 열기 위하여 "민간인 희생자 유족회"를 결성한다.

옥구열의 사회로 회의가 시작되었다. 식순의 처음은 국기에 대한 경례였다. 옥구열은 극장 측에다 다른 것은 다 두고라도 태극기만은 꼭 정면 단상에 걸어 달라는 부탁을 했었다. 유족들이 모두 대한민국의 국민이라는, 너무 당연해서 말할 필요조차 없는 그런 사실을 확인해 줄 수 있는 물증이 꼭 필요하다고 생각했던 것이다. 국기에 대한 경례가 끝난 뒤 모두 함께 애국가를 제창했다. 여기저기서 흐느끼는 소리가 들려왔다. 지난 10년간 빨갱이 가족으로 억울하게 살아오면서 맺힌 설움이 가사 한마디, 곡조 한마디마다 넘쳐흘렀다. 눈물 속에 부르는 애국가는 모든 유족들이 그 긴 세월 동안 하지 못했던 말이었다.

그런데 이들의 진상규명은 국가가 학살한 이들이 모두 국민임을 천명하는 일과 연관된다. 소위 희생자의 명예회복이라는 관점인데 이는 그동안 국가가 그어놓은 국민과 비국민의 경계를 수정할 것을 요구하는 일에 다름이 없다. 그러나 희생자들도 모두 국민이라는 담론은 한계를 지닌다. 여전히 국가가 이들을 국민에 포함하는 결정을 해주기를 바라고 있기 때문이다. 국민-국가는 항상 자기 안에 외부를 둠으로서 유지되는 체제이다. '국민을 그만두는 방법'을 궁구하지 못하는 한 국민은 국가의 상태 속에 놓여 있게 된다. '한용범'이 읍장으로 선출되고 유족회 활동도 전국 규모로 확대되는 등 자유의 공간이 열렸지만 곧 이어진 군사쿠데타에 의하여 닫히고 만다. '한용범'과 '옥구열' 등은 다시 국민의 지위를 회수당하고 내국 난민이 되고 만다. "10년 전 피붙이들이 전쟁의 희생양이었다면 이제는 그 가족들이 쿠데타 성공을 위한 희생양"이 된 것이다. 이로부터 이들은 산업주의와 맞물린 폭력체제인 유신체제의 '표적'이 된다. 이들에게 가해지는 생명정치는 구금과 고문, 감시와 처벌의 반복으로 나타난다. 일상과 생활을 차압당한 이들은 정치적 존재가 아니라 주권을 부여받지 못한 벌거벗은 생명에 다를 바 없다.

소설은 가족 이야기를 근간으로 하는 국민의 서사다. 『밤의 눈』은 증언의 영역을 만들어내려는 작가의 의지의 산물인 동시에 국민의 서사를 확인하는 과정이라 할 수 있다. 국가는 국민의 일부를 배제하거나 추방함으로써 국민의 통일성을 획득하려 한다. 전쟁이라는 예외상태에서 이뤄진 불법적인 학살조차 국가는 그 희생자들이 충실하지 못한 국민이라는 멍에를 씌워 구별 짓는다. 그런데 충실한 국민/충실하지 못한 국민이라는 분할은 전쟁 상황의 억울한 희생자들에게만 적용되는 것이 아니다. 바로 지금 이 시간의 현실 속에서도 작동하고 있는 것이다. 호미 바바가 말하고 있듯이 국민이라는 관념에는 독특한 양가성이 포함되어 있다. 민족, 인민, 민중, 시민, 국민의 개념적 경합 또한 이러한 국민의 양가성과 무관하지 않다. 이데올로기나 자본주의의 불균등성은 국민의 경계를 요동하게 하는 요인들이다. 국민에 접합된 이데올로기를 떼어낼 방법은 무엇일까? 결국 권리의 주체로서의 개인의 주권이 지니는 존엄한 가치에 대한 추구로 가지 않으면 안 될 것이다. 통일되고 단일한 국민이라는 개념은 허구다. 국민을 구성하는 외부와 내부의 경계가 모호할뿐더러 국민 바깥의 타자 또한 불확실하다. 우리는 수많은 적대들의 상호텍스트성과 혼성의 과정 속에 있다. 그럼에도 국민을 통치를 위한 장치로 삼으려는 국가의 시도는 부단하다. 하지만 우리는 개인의 존재 가치를 믿듯이 국가의 존재가 매일의 국민투표가 되는 세계를 꿈꾸지 않을 수 없다. 조갑상의 『밤의 눈』은 역사적 사건에 대한 기억 투쟁에 그치지 않는다. 또한 자유의 공간에서 부여된 증언의 영역을 서술하는 데 의도를 한정하지 않는다. 이보다 국가란 무엇인가? 국민은 어떻게 구성되는가? 우리를 끊임없이 회수하는 국민-국가는 어떠한 체제인가? 개인을 포기하도록 요구하는 국민은 정당한가? 아니면 국민을 그만두는 방법은 어디에 있는가? 등등의 물음을 던지게 한다. 말할 것도 없이 이 소설을 통하여 작가가 국가의 시간이나 국가의 강박으로부터 벗어났다는 것은 아니다. 그렇지만 국가의 가장자리를 탐문하고 국가의 그늘을 드러냄으로써 국민의 공간이 지닌 분열과 양가성을 충실하게 제시하였다고 할 수 있다. 이 점에서 『밤의 눈』이 문제적이다.

작가의 말

교정을 끝내고 소설의 마지막 장에서 옥구열이 걸어갔던 길을 따라가 보았다. 소설의 배경에서 오늘과 가장 가까운 시간이었고 내가 당장 가볼 수 있는 곳이기도 했다. 30여 년 전 10월의 그날보다 가을이 좀 더 깊은 저녁이었다. 거리는 익숙하면서도 조금은 낯설어 보였다. 남포동 구두골목의 구두집들은 사라졌고 극장 앞 거리는 포장마차들이 길을 메우고 있었다. 옥구열이 온몸으로 실감했던 그날의 열기와 긴장을 되돌려보기에는 시간이 너무 많이 지난 것일까. 그러나 소설을 쓰는 동안 등장인물들이 살았던 시절을 헤매다 문득 오늘을 돌아보면 과거가 지나간 시간으로만 묶여 있는 게 아니라는 생각이 들곤 했다.

전쟁 중의 민간인 희생과 그 유족들의 고통은 분단상황의 산물이며 우리는 여전히 분단의 고단함을 지고 살고 있다.

힘든 시대를 살았던 이들이 오랜 시간 동안 내 손에 갇혀 있었다. 이제 그들은 소설 속의 인물로 다시 태어나 세상과 만난다.

따뜻한 가슴을 지닌 독자들을 많이 만나 위로받고 자유로웠으면 좋겠다.

정희상 기자의 『이대로는 눈을 감을 수 없소』, 김기진 기자의 『끝나지 않은 전쟁 국민보도연맹』, 그리고 정부기구인 〈진실과 화해를 위한 과거사 정리위원회〉의 조사자료는 소설을 쓰는 데 많은 도움이 되었다.

수정을 묵묵히 받아들여 준 산지니 식구들과 해설을 맡아 준 구모룡 선생, 추천사를 써 준 두 분에게도 과분한 신세를 졌다.

2012년 11월 조갑상

조갑상

경남 의령 출생. 중앙대 문예창작학과와 동아대 대학원을 졸업했다. 1980년 동아일보 신춘문예에 단편소설 「혼자웃기」가 당선되어 작품 활동의 시작했다. 소설집 『다시 시작하는 끝』, 『길에서 형님을 잃다』, 『테하차피의 달』, 장편소설 『누구나 평행선 너머의 사랑을 꿈꾼다』를 냈고 산문집으로는 『이야기를 걷다』가 있다. 요산문학상과 이주홍문학상을 수상했으며, 현재 경성대학교 국어국문학과에서 소설을 가르치고 있다.

:: 산지니 · 해피북미디어가 펴낸 큰글씨책 ::

문학

해상화열전(전6권) 한방경 지음 | 김영옥 옮김
유산(전2권) 박정선 장편소설
신불산(전2권) 안재성 지음
나의 아버지 박판수(전2권) 안재성 지음
나는 장성택입니다(전2권) 정광모 소설집
우리들, 킴(전2권) 황은덕 소설집
거기서, 도란도란(전2권) 이상섭 팩션집
*2018 이주홍문학상 선정도서

폭식광대 권리 소설집
생각하는 사람들(전2권) 정영선 장편소설
삼겹살(전2권) 정형남 장편소설
1980(전2권) 노재열 장편소설
물의 시간(전2권) 정영선 장편소설
나는 나(전2권) 가네코 후미코 옥중수기
토스쿠(전2권) 정광모 장편소설
*2016 세종도서 문학나눔 선정도서

가을의 유머 박정선 장편소설
붉은 등, 닫힌 문, 출구 없음(전2권)
김비 장편소설

편지 정태규 창작집
*2015 세종도서 문학나눔 선정도서

진경산수 정형남 소설집
노루똥 정형남 소설집
유마도(전2권) 강남주 장편소설
*2018 대한출판문화협회 청소년도서

레드 아일랜드(전2권) 김유철 장편소설
화염의 탑(전2권)
후루카와 가오루 지음 | 조정민 옮김

감꽃 떨어질 때(전2권) 정형남 장편소설
*2014 세종도서 문학나눔 선정도서

칼춤(전2권) 김춘복 장편소설
목화-소설 문익점(전2권) 표성흠 장편소설
*2014 세종도서 문학나눔 선정도서

번개와 천둥(전2권) 이규정 장편소설
*2015 부산문화재단 우수도서

밤의 눈(전2권) 조갑상 장편소설
*제28회 만해문학상 수상작

사할린(전5권) 이규정 현장취재 장편소설
테하차피의 달 조갑상 소설집
*2011 이주홍문학상 수상도서

무위능력 김종목 시조집
*2016 부산문화재단 올해의 문학 선정도서

금정산을 보냈다 최영철 시집
*2015 원북원부산 선정도서

인문

파리의 독립운동가 서영해 정상천 지음
삼국유사, 바다를 만나다 정천구 지음
대한민국 명찰답사 33 한정갑 지음
효 사상과 불교 도웅스님 지음
지역에서 행복하게 출판하기 강수걸 외 지음
재미있는 사찰이야기 한정갑 지음
귀농, 참 좋다 장병윤 지음
당당한 안녕-죽음을 배우다 이기숙 지음
모녀5세대 이기숙 지음
한 권으로 읽는 중국문화
공봉진 · 이강인 · 조윤경 지음
*2010 문화체육관광부 우수학술도서

차의 책 The Book of Tea
오카쿠라 텐신 지음 | 정천구 옮김

불교(佛敎)와 마음 황정원 지음
논어, 그 일상의 정치(전5권) 정천구 지음
중용, 어울림의 길(전3권) 정천구 지음
맹자, 시대를 찌르다(전5권) 정천구 지음
한비자, 난세의 통치학(전5권) 정천구 지음
대학, 정치를 배우다(전4권) 정천구 지음